KB198657

반창고

반창꼬

1판 1쇄 발행 2024년 11월 25일

지은이 노애자
사 진 노애자
발행인 이선우
펴낸곳 도서출판 선우미디어
등록 | 1997. 8. 7 제305-2014-000020
02643 서울시 동대문구 장한로 12길 40, 101동 203호
☎ 2272-3351, 3352 팩스: 2272-5540
sunwoome@hanmail.net

13,000원

※ 이 책은 충청북도 충청북도, 충북문화재단 충북문화재단의 후원을 받아 예술창작활동지원사업의 일환으로 발간되었습니다.

ISBN 978-89-5658-784-4 03810

반창고

노애자 수필집

선우미디어 sunwoomedia

글을 엮으며

수필은 평범 속에서 진실을 지니는 삶의 표현이다. 수필은 자기 수련이다.

흩어져 있던 내 마음을 그러모아 글로 재구성하여 공유하고자 한다. 엮는 과정에서 퇴고와 담금질로 자기 수련을 통해 한층 성숙된 나와의 만남과 진솔한 삶의 모습을 이웃과 나누고자 한다.

이제 겨우 발걸음을 떼기 시작했다. 수필은 내 지난날을 되돌아보고 현재의 삶을 온전히 바라보게 했다. 글을 쓰는 과정에서 위로받았고 내가 나로 살아갈 수 있는 길을 열어 주었다.

펌프질할 때, 한 바가지 물을 부어 빡빡한 펌프 목구멍을 적시게 하는 물을 마중물이라 한다. 삶을 녹여낸 한 권의 수필집이 목마른 이에겐 한 모금의 물이 되고, 또 누군가에겐 따뜻한 위로의 시간이 되기를 바란다.

첫 이야기는 더불어 살아가는 마을 이야기. 두 번째는 우리 반 아이들의 꿈을 담은 소소한 이야기를 담았다.

세 번째로는 나와 이웃 사회, 지금 아니면 누리지 못할 행복을 담았고. 네 번째로 나의 또 다른 가족, 강아지 이야기를 담는다.

다섯 번째로 엄마에 대한 그리움과 아버지의 사랑을 그렸다.

수필집을 발간함으로써 내 목마름이 해결되고 긍정적인 시야가 열렸다. 이를 공감하며 우리 사회가 조금 더 밝고 아름다운 사회로 발돋움하는데 하나의 밑돌이 될 수 있기를 기대한다.

끝으로 글집을 모을 수 있게 힘을 실어준, 무진장 애를 써준 김윤희 선생님을 비롯해 모든 지인분께 감사드린다.

2024년 가을 문턱에서

노애자

차례

1. 100년, 새로운 시작이다

2. 반창꼬

3. 지금 아니면 언제

4. 봄

5. 어른이 엄마

chapter_1

100년, 새로운 시작이다

우리 민족은 수많은 외침을 잘 견뎌왔고,

어려움을 겪을수록 더욱 단단해지지 않았던가.

특히 우리 이월초등학교는

100여 년 장구한 세월을 남다른 기상으로 이어왔다.

무제관 옆에 우뚝 선

신팔균 장군의 기념비에서

흐르는 기가 예사롭지 않음이다.

이월초등학교 100년,

새로운 시작이다.

– 본문 중에서

100년, 새로운 시작이다

올해 들어 처음으로 1~2학년이 등교하던 날이다. 기쁜 마음으로 아이들을 맞는다. 교문을 들어서는 아이들의 발걸음이 개선장군인 양 당당하다. 너무 이쁘다. 대견하기까지 하다. 거리 두기를 하며 열 체크를 한다. 함께 온 부모는 아들을 군대 보내는 것마냥, 멀리서 아이가 건물 안으로 들어가는 것을 지켜보고 있다가 발길을 돌린다. 이색적이고 낯선 풍경이다.

2019년 12월 중국 우한으로부터 시작된 '코로나-19'는 온 세상의 패턴을 뒤흔들어 놓았다. 학교도 예외는 아니어서 2월 마지막 주에 휴교령이 내려진 후, 신입생들은 3월 2일 입학도 하지 못했다. 몇 차례 등교 연기에 이어 온라인 개학까지, 참으로 곡절이 많았다.

그리고 5월 27일에 이르러서야 이렇게 1~2학년이 첫 등교를 했고, 학년에 따라 순차적으로 등교하여 6월 3일까지 겨우 다 이루어지게 된 것이다. 실로 99일 만의 일이다. 참으로 먼 길을 돌고 돌아 이제야 학교에 학생들이 들어찼다. 아이들의 목소리가 보태어지니 생기가 넘친다. 학교의 본래 모습을 찾은 것 같다.

우리 이월초등학교는 올해로 개교 100주년을 맞는다. 1920년 4월 1일 장양공립 보통학교로 개교했지만, 실제 교육이 이루어진 것은 1897년부터라 할 수 있다. 논실에서 학당 수준으로 이루어지던 교육관을 1908년 인수하여 '사립 보명학교'를 설립했고, 그 중심에 신팔균 선생이 있었다. 보명학교는 1910년 사립 보통학교로 인가되었다가 1920년 공립으로 인가되어 '장양 공립보통학교'가 태동하게 된 것이다. 바로 지금의 이월초등학교다. 현재 무제관 옆에 신팔균 선생의 기념비를 세운 것은 이런 까닭이다. 오늘날 이월초등학교가 세워지기까지 기반을 잡아준 셈이다.

동천 신팔균은 황실 경호를 맡았던 대한제국의 마지막 군대 장교 출신으로, 독립운동에 투신한 정통적인 무인 집안의 후예이다. 그는 병마절도사와 한성부 판윤을 지낸 신석희의 아들로, 1882년 서울에서 태어난다. 할아버지는 삼도수군통제사와

신필균 · 임수명 부부

신팔균 기념비

병마절도사를 역임한 신헌이다. 조선 중기 병조참판을 지낸 평천 부원군 신잡과 신립 장군의 후손이기도 하다. 현재 이월면 논실에 '신헌 고택'이 고스란히 보존되어 일반인이 거주 중이다.

장군은 1902년 대한제국 육군무관학교를 졸업하고 황실 경호를 맡는다. 1907년 헤이그 만국평화회의에 이상설 등을 특사로 파견한 것을 빌미로 일본이 고종황제를 폐위시키고, 우리 군대마저 해산시키자 그는 낙향한다.

논실 마을로 내려와 교육의 필요성을 절감하며 동생 신필균과 함께 1908년 보명 학교를 세워 후진 양성에 힘을 쏟는 한편, 대동청년단을 조직하여 국권 회복 운동을 시작한다. 1910년 국권을 침탈당하자 만주로 망명하여 동지들을 규합하고, 김좌진, 홍범도 등과 함께 본격적인 독립운동에 투신한다.

국내에 들어와 활약할 당시 부인 임수명 여사와 운명적으로 만난 일화는 아름다우면서도 가슴이 찡하다. 신팔균 장군이 일본군에 쫓겨 병원으로 숨어드는 걸 보고 임수명 간호사는 재빨리 환자로 가장시켜 위기에서 벗어나게 해 주었다. 이것이 인연이 되어 둘의 사랑이 싹텄고, 2년 만에 결혼에 이른다. 목숨도 내놓고 독립운동을 하는 모습에 감화되어 과감히 남편이 가는 길에 동행하는 임수명 또한 우리 충북의 여성 독립운동가로 손꼽힌다.

장군은 1919년 서로군정서에 참여하며 신흥무관학교 교관으로, 정통적인 독립군 간부를 양성하는데 온 힘을 기울인다. 그가 길러낸 독립군 간부만 해도 3,500여 명에 이른다. 1920년 서로군정서, 대한독립단, 광한단 등 여러 단체를 통합한 '대한통의부'의 총사령관을 맡아 일본군과의 전투에 직접 참여하며 끊임없이 군사훈련을 실시한다.

1924년 7월, 그날도 무관학교 생도들과 훈련하고 있는데 중국의 마적단에게 습격을 받는다. 일본군에 의한 계략이었다. 이렇게 하여 그는 대한민국의 군인 장교답게 장렬히 전사하고 서울 현충원에 잠들어 있다.

나라를 빼앗겨 힘없고, 먹을 것조차 없던 그 시절에도 장군은 교육을 중시했다. 교육을 국가의 미래로 보고 고향 이월에서, 또 만주에서 그리 열심이었을 게다.

99일 만에 아이들의 생기로운 모습을 대하니 그동안 짓누르던 돌덩이가 내려진 것처럼 마음이 가볍다.

'코로나19'는 인간과 바이러스와의 전쟁이다. 아직 종식되지는 않았지만, 반드시 이겨낼 것을 믿는다. 예로부터 우리 민족은 수많은 외침을 잘 견뎌왔고, 어려움을 겪을수록 더욱 단단해지지 않았던가. 특히 우리 이월초등학교는 100여 년 장구한 세월을 남다른 기상으로 이어왔다. 무제관 옆에 우뚝 선 신팔균 장군의 기념비에서 흐르는 기가 예사롭지 않음이다.

이월초등학교 100년, 새로운 시작이다.

오늘따라 하늘이 유난히 파랗다. 초록이 무럭무럭 자라오르는 장양 뜰에서 아이들 재잘거림을 듣는다.

이월초등학교 전경

가을바람

"어여와" 하며 가을바람이 손짓한다. 작은아이와 '칠장사'로 나섰다. 주차장 입구부터 사람들이 술렁인다. 절에 가까워질수록 소리는 점점 더 커진다. 먼발치에서 보니 제를 지내는 것 같다. 칠장사의 행사로 혜소국사와 인목왕후를 기리는 추모다례제를 지내는 중이란다. 이런 행사는 처음 접한다. 우연히 나선 모녀의 여행길에 뜻하지 않게 행운을 얻은 셈이다. 우리는 걸음을 잠시 멈추고 이 뜻깊은 행사에 마음을 열었다.

칠장사는 신라 선덕여왕 5년 자장율사에 의해 창건된 절이다. 고려 현종 5년에 혜소국사가 중건하고, 조선 인조 1년 인목왕후가 아버지 김제남과 영창대군을 위하여 중창하였다 한다.

인목왕후는 조선 제14대왕 선조의 계비이다. 19세에 왕비가 되어 영창대군을 낳았다. 광해군의 이복동생이다. 영창대군이 광해의 자리를 넘본다는 죄를 쓰면서 인목왕후의 가문은 멸문지화를 당한다. 아버지 김제남은 사사되었고, 오빠와 남동생 3형제도 죽임을 당한다. 어머니는 제주도로 유배되고 인목왕후도 유폐되었다. 영창대군은 8세의 나이에, 강화도에 유배된 후 증설(뜨거운 증기로 쪄서 죽임)된 역사를 우리는 안고 있다.

행사장 한편에 다과가 준비되어 있었다. 떡을 먹으려는데 옆에서 "차도 한 잔 하세요." 한다. 연잎 차와 떡을 먹으며 관람했다.

어느 대학 교수가 살풀이춤을 풀어낸다. 몸짓 하나하나에 한이 서려 있는 듯하다. 소리보다 먼저 흐느끼는 몸, 허공을 가르는 깃, 고통과 응어리진 갈등을 풀고 이제는 잘 가시라고 하는 것 같다. 역사가 인목왕후를 어찌 평가하는지는 모르겠지만 그 당시 상황은 그네들만 알 뿐이다.

나는 오늘 한 어미의 마음으로, 부모를 생각하는 딸의 마음으로 그녀를 보고 있다. 순간 나도 모르게 또로롱 눈물이 맺혀 어찌할 새도 없이 떨어져 버렸다.

무거운 짐 다 털어 버리라고, 이제는 그리해도 된다고, 행복해도 된다고 작은 소리를 내어본다.

식이 끝나고 제를 올릴 사람은 단에 올라와서 제를 올리란다. 머리가 하얀 할머니도, 양복을 점잖게 빼입은 노신사도, 머리를 예쁘게 묶은 열 살쯤 돼 보이는 아이도 엄마랑 같이 제를 올리러 단위에 올라간다. 제를 올리는 것이 익숙하지 않은 우리 모녀는 마음속으로 제를 올린다.

자리에서 일어나 대웅전을 한 바퀴 돌아본다. 천년의 역사를 가진 만큼 세월의 풍파도 많았을 터인데 처음 모습 그대로 칠현산 자락에 자리 잡은 듯하다. 엄마의 품처럼 말이다.

대웅전 맞은편 낮은 야산에는 코스모스밭이 조성되어 있다. 작은아이와 코스모스밭으로 향한다. 벌써 다른 이들은 개인 역사의 한 장면이 될 인생 사진 한 컷을 남기기에 여념이 없다. 의자에 앉아 이야기도 나누고 각자의 방식으로 시간을 보내고 있다. 나도 제일 예뻐 보이는 가을 하늘의 한 자락을 끌어안고 인생 사진 한 컷을 남긴다. 저 하늘 어디선가 인목왕후와 영창대군의 웃음소리가 들리는 듯하다. 가을바람이 따뜻하다.

그땐 그랬지

내 작은고모는 매년 방학이면 초등학생이었던 당신 아이들을 친정에 보냈다. 나한테는 친할머니댁이다. 한 마을에 우리집, 셋째 작은집이 모여 살았다. 아빠는 칠남매 중 첫째이고 작은고모는 막내이다. 칠십이 넘은 할머니는 귀한 막내딸 손주들을 항상 반갑게 맞아 주었다. 당신 끼니는 방 모퉁이에 밥상을 차려놓고 대충 챙기셨던 분인데 서울에서 어린 손주들이 왔으니 입맛에 맞는 거 챙겨준다고 장에 가곤 하였다. 매 끼니를 차려내는 것도 버거우셨을 텐데도 기꺼워하셨다. 사촌들은 방학이면 외가에 와서는 할머니집, 큰외삼촌네를 두루두루 돌아다니면서 지내다 가곤 했다.

할머니가 돌아가신 후 고종사촌들이 하는 말이, 한 동네에 친척집이 많아 이집 저집 다니면서 옥수수 쪄먹고 원두막에서 놀던 일이며 강가에서 물고기를 잡던 일이 재미있었다고 성년이 된 지금도 고마운 추억을 되새기곤 한다.

나도 우리 아이들한테 외가에 대한 추억을 남겨주려고 여름 방학 때 조치원에 보낸 적이 있다. 그해 2월 엄마는 풍으로 쓰러지셨다. 굽은 허리로 간신히 지탱하고 서 있는 엄마가 안쓰러웠다. 그냥 포기하고 주저앉을 수도 있었는데 당신 손으로 챙겨야 하는 식구들이 아직 남아 있다는 삶의 무게가 엄마를 힘겹게 일으켜 세웠는지도 모른다.

종합병원을 거쳐 한방병원을 들러 몇 달을 치료받고 퇴원했다. 퇴원하고도 한의원으로 치료를 받으러 다니시던 참이었다. 당신 몸 가누시기도 힘드셨을 텐데 철없는 나는 두 딸을 맡긴 것이다.

하루에 버스가 대여섯 대만 다니는 시골 마을이다. 엄마는 아이들이 심심할까 봐 물리치료 받는 병원을 같이 데리고 나간 모양이다. 더운 여름날 엄마랑 두 손녀가 버스를 기다리고 있는 풍경이라니 생각만 해도 흐뭇하다. 애들 챙기랴 당신은 힘이 들었을지라도 말동무와 함께 간다는 것에 많은 위안이 되었으리라

아빠는 아이들에게 고추밭에 가서 고추 한 이랑을 따면 용

돈을 준다고 하였다. 아이들은 생전 처음 고추 따기에 도전했다. 바람이라도 시원하게 불었으면 좋았겠지만 후덥지근한 날 고추밭 한가운데 서면 "악!"하는 비명이 먼저 나온다. 제 키의 반만큼이나 되는 나무에서 허리 굽혀 작업을 하려면 온몸이 땀으로 젖는다.

그때 일을 물어보면 다시는 고추 따기 안 한다고 나를 흘깃 쳐다본다. 그러나 아빠는 좋으셨나 보다. 지금도 가끔 그때 일을 얘기하신다. 쬐끄만 녀석들이 덤벙덤벙 따는 모습이 신통해 보였는지 처음 하는 일인데도 잘하더라고 한다. 당신 외손녀들이랑 밭일도 해보고 적적했던 차에 같이 있어서 엄마 집은 생기가 좀 돌았으리라. 아이들 또한 잊지 못할 체험이 되었겠다.

그를 만나다

오송에서 기차를 타고 신경주역에 도착했다. 오늘은 두 딸아이와 함께다. 경주역이 옛 신라 시대에 온 것처럼 푸근하다면 신경주역은 미래의 신라를 보는 듯 다소 낯설기도 하지만 설렘을 준다.

이른 점심을 먹기로 했다. 역 안에 있는 음식점으로 향했다. 곤달비 비빔밥을 주문했다. 경주대표 향토 음식이라기에 먹어보기로 한 것이다. 곤달비, 이름이 참 예쁘다. 재빨리 검색을 해봤다. 곤달비는 잎과 꽃이 곰취와 닮았는데 곰취보다 잎이 조금 작고 잎 아래가 더 벌어져 있다 한다. 비빔나물밥, 된장국, 두부 등이 유기 그릇에 정갈하게 담겨 나왔다. 대접받는다는 기분이 든다. 비빔장이 고추장이 아닌 된장인 것이 특색이다. 맛이 궁금하여 얼른 된장을 넣어 비벼 맛을 보았다. 이른 점심

때라 배고프지 않은데도 식욕이 돋았다. 밥그릇을 다 비우고 식혜도 한 사발 마셨다.

봉긋해진 배를 앞세우고 첫 번째 목적지인 문무대왕릉이 있는 바다로 향했다. 가는 길은 한적하다. 길옆의 나무들이 손을 흔들어 우리를 반기듯 좌우로 살랑거린다. 가을에 와도 이 길은 예쁘겠다면서 큰아이가 중학교 때의 수학여행 이야기를 풀어낸다. 나 또한 국민학교와 중학교 두 번에 걸쳐 수학여행을 왔던 곳이기도 하고, 아이들 어렸을 때 친정 부모님을 모시고 왔었다. 이번이 네 번째가 된다. 이야기를 나누다 보니 바다가 보인다.

그를 만난다는 생각에 마음이 급하다. 그런데 들어서는 입구에 사람들이 줄지어 서 있다. 일일이 발열 체크를 한다. 서로의 안전을 위함이다. 코로나 시대, 새로운 여행 풍속도다. 출입자 의식이 끝나고, 그가 있는 곳으로 발걸음을 옮겼다.

경상북도 경주시 양북면 봉길리 앞바다에 육지로부터 200m쯤 떨어진 바위섬이다. 이곳에 신라 제30대 문무왕(661~681)의 능이 있다. 수중릉이다. 전하는 말에 의하면, 삼국통일을 완수한 문무왕은 통일 후 불안정한 국가의 안위를 위해 죽어서도 국가를 지킬 뜻을 가졌다 한다. 그리하여 자신의 시신을

'불식에 따라 화장하여 유골을 동해에 묻어 달라. 그러면 용이 되어 국가를 평안하게 지키도록 하겠다'라고 지의법사에게 유언하였다. 이에 유해를 동해의 대왕암 일대에 뿌리고 대석에 장례를 치렀다 한다. 이후 사람들은 그 대석을 대왕암이라 불렀다. 사적 제158호이다.

바다에 묻힌 문무대왕, 그는 말없이 우리를 반겨주었다. 진천에서 온 우리를 알아보고 특별히 여기시는 것일까? 진천에서 태어난 김유신과 함께 삼국통일의 대업을 완성한 임금이지 않은가. 그래서인지 선대 집안의 묘소에 온 듯 친근한 느낌이 든다. 가야의 시조 김수로왕의 12세손, 바다의 자손인 김유신 장군이 국내 유일하게 바다가 없는 진천과 인연이 된 사연을 짚어본다.

경주에서 진천으로 연결된 사랑의 동아줄이다. 아버지 김서현 장군과 어머니인 신라 왕실의 만명부인, 그들의 이루어질 수 없는 사랑이 끝내 결실로 이루어져 태어난 이가 바로 김유신 아닌가. 당시 그들의 사랑을 갈라놓기 위해 왕실에서는 김서현을 서부 변방의 진천 태수로 보내게 되고, 그날 밤 만명은 몰래 김서현을 따라나서 진천에 둥지를 틀게 된 것이다. 위대한 사랑이 낳은 김유신과 함께 한 이가 태종무열왕과 그의 아들

문무왕이다.

제일 가까운 해변에 섰다. 한없이 수중릉을 지켜보다가 자리를 잡고 앉았다. 구름이 햇빛을 가리었다. 작은아이의 다리를 베개 삼아 누웠다. 바위섬 자체가 엄마의 자궁 안처럼 편하게 느껴진다. 잠시 눈을 감았다.

20여 년 전, 친정 부모님과 함께 그를 만나러 왔을 때의 일이 바람결에 스친다. 두 분 다 한창 건강할 때였다. 새우깡을 던지면 갈매기들이 우르르 아이 주변에 무리 지어 날아들곤 했다. 아버지는 가끔 그 사진을 꺼내 들고선 '쪼끄만 것들이 잘도 쫓아다녔지'라면서 흐뭇이 미소 짓곤 했다. 쪼그맣던 아이는 장성하여 지금 제 어미랑 같이 이곳에 서 있다. 부모님은 이제 더 이상 이 딸을 따라나설 수 없는 처지가 되었다. 요양병원에 의식 없이 누워 계신 엄마, 가끔씩 얼굴을 보러 다니던 일도 코로나19로 인해 그마저도 못하고 있다. 부모님과 함께했던 추억이 아득해진다.

문무왕은 죽어서도 바다의 용이 되어 나라를 지키고자 했다는데 대왕암에 발 딛고 서 있는 나는 지금 무얼 할 수 있는가. 그저 지난날 건강했던 부모님과의 추억을 밀려오는 파도에서 건져 올릴 뿐….

바람 따라 너울너울 파랑이 인다. 물너울 따라 엄마의 얼굴이, 아버지의 음성이 가슴으로 밀려든다. 그는 내게 이렇게 그리움을 하나 더 만들어 주며 등을 토닥이고 있다.

보고픈 이웃

결혼하고 보금자리를 튼 곳이 대소면의 태생리라는 작은 마을이다. 노부부가 사는 곳으로 창고를 손질하여 우리 부부가 살게 된 되었다. 대소의 땅 부자로 일컬어지는 노부부는 새벽녘이면 집에서 나가 해 질 무렵 들어오곤 하였다. 할머니는 구부정한 허리로 계단에 앉아 그날 하루의 고단함을 털어내듯 흙 묻은 양말을 벗어내고 저녁 밥상에 올라갈 푸성귀들을 다듬곤 했다. 가끔 눈이 마주칠 때면 당신 딸을 대하듯 오늘 하루 어찌 보냈냐고 물어보곤 하였다.

어느 날은 이불 빨래를 하는 걸 어찌 아셨는지 뒤란에 빨랫줄 있으니 사용하라고 하였다. 나는 비누 냄새 나는 이불을 빨랫줄에 널었다. 어디선가 향긋한 풀 내음이 전해온다. 직장생활한다고 시골을 떠나 잊고 있었던 향기였다. 어린 시절, 마을 단위로 어른들이 모여서 개울둑을 넓히거나 풀베기 작업 등을 했다. 그때의 풀냄새가 어른이 된 지금도 좋다.

큰아이가 태어나 자라면서 밖으로 나가는 일이 많아졌다. 앞집 아이 엄마는 시부모를 모시고 있었다. 우리 아이가 그 앞을 지나가면 금비라는 아이는 쪼르르 뛰쳐나와 자전거를 타며 같이 놀자 한다. 어느 땐 방금 삶은 계란이라며 먹고 가라고 원두막에서 손짓하여 부른다. 그러면 원두막에 앉아 아이들 이야기로 시간 가는 줄 모른다. 시골 구멍가게에서 막걸리를 한잔하시고 지나가던 할아버지가 한자리 끼어든다. 당신 며느리는 어찌하는지, 딸은 어찌 사는지, 당신이 키우는 사슴들은 어떻게 하면 튼튼하게 크는지 등 이야기보따리를 한참씩 풀어내셨다. 울 엄마 아빠가 없는 시골 풍경이지만 옆집 할아버지가 막걸리 한잔하고 가시는 모습이 꼭 아빠를 보는 것 같아서 정겹게 느껴진다. 이런 날이면 아빠가 더 보고 싶다.

옆집 아이 엄마는 경기도에서 살다가 남편의 직장 관계로 잠시 시댁에 내려왔다고 한다. 곧 다시 이사할 거라 짐은 이삿짐센터에 맡긴 채 간단한 생필품만을 사용하고 있는 처지이다. 우리 아이보다 한두 살 많은 남매를 두고 있다. 내가 서툴러 보였는지 살림 선배여서 그런지 알려주고 싶은 것이 많았나 보다. 그 집에 놀러 가면 아이들 먹일 볶음밥은 어떻게 만드는지 무슨 기름을 쓰면 더 맛있게 되는지를 알려준다. TV프로는 어떤 걸 시청하는지 아이가 어릴 때는 어떤 책을 읽어야 하는지 많은 것을 추천해 주기도 했다. 그러다가 남편의 전출로 먼저 이사를 나와서 연락이 끊어졌다.

진천으로 이사를 오면서 모든 게 낯설었다. 음성이나 진천이나 아는 사람들이 없기는 매한가지다. 남편이야 본가가 가까워서 좋았겠지만, 낯선 것 새로운 것에 두려움이 많았던 나로서는 한동안 적응하기가 힘에 부쳤다.

일이 있어 가끔 대소 쪽을 지나가는 일이 생기면 자연히 고개가 돌려진다. 3년 정도 살면서 정이 들었나 보다. 주인집 할머니 할아버지께서는 잘 계시는지, 옆집 아이 엄마는 곧바로 이사하였는지, 앞집 아이들은 얼마나 컸는지 '우리 딸보다 한 살이 많으니 몇 학년쯤 되겠다.' 하면서 짐작을 해본다.

술 익어가는 마을

며칠 전이다. 아이들을 하교 버스에 태우고 교실에 돌아오니, 책상 위에 덕산 생막걸리 한 병이 덩그러니 놓여 있다. 옆 교실 선생님이 지인으로부터 선물을 받았다며 나에게도 한 병 전해 준 것이다.

막걸리는 막 거른 술이란 뜻이다. 방금 걸러 신선하다는 뜻과 마구 걸러 거칠다는 두 가지 의미를 다 가지고 있다. '신의 물방울'로 불리는 와인에 비해 가격은 훨씬 저렴하면서도 영양은 더 풍부한 우리나라 전통 발효주다.

일요일 저녁이다. 지난번에 선물 받은 막걸리가 생각이 났다. 냉동실에서 삼겹살을 꺼냈다. 김치 넣고 돼지고기볶음을 할 요량이다. 청양고추와 고춧가루를 살짝 첨가하니 칼칼하면서도 제법 때깔도 나고 모양새도 괜찮다. 접시에 듬뿍 담아서 저녁

한 상을 차리며 남편에게 막걸리 한잔을 청한다. 남편은 소맥, 나는 막걸리다. 각각 어울리는 잔에 가득 따라 한 잔씩 마시며 돼지고기볶음을 입안에 가득 넣는다. 간도 딱 맞고 술안주로 그만이다. 둘의 조화가 환상이다. 막걸리 한잔하자는 소리에 같이 마셔주는 남편의 배려가 좋다. 이제 막 대학을 졸업한 작은 딸아이에게도 권했다. 아이는 맛을 보더니, 얼굴을 찡그리며 잔을 내려놓는다. 은은하고 구수하며 살짝 달달한 맛에 톡 쏘는 막걸리의 매력을 아직 모르는 거다.

술 한 잔을 마시니, 옛 어른들이 논두렁에 걸터앉아 새참으로 곁들이던 반주 이야기까지 풀려나온다. 딸아이는 시큰둥한

덕산 양조장

반응이다. 일하면서 막걸리를 왜 먹는지 공감대가 없어서인지 이내 흥미를 잃는다.

천상병 시인은

"남들은 막걸리를 술이라지만, 내게는 밥이나 마찬가지다."

라고 했다.

현재까지 이렇게 사랑을 받아온 막걸리를 빚는 마을이 진천 용몽리에 있다. 진천 덕산양조장이다. 덕산양조장은 1930년대 우리나라 양조장의 전형을 알 수 있는 단층의 함석지붕 목조 건물이다. 백두산에서 삼나무와 전나무를 직접 실어 날라 지은 건물로 특징은 벽체에 잘 나타나 있다. 벽체는 수수깡을 엮어 흙을 바른 다음 나무판을 대어 마무리하였고, 흙벽과 나무판 사이에 왕겨를 채워 놓았다. 왕겨는 발효 공간 등 전통주를 생산하는 공간의 천장에도 넣고 있어 생산시설의 특징을 잘 보여준다. 외부 마감은 목재 널판을 사용하였고 목조건축물로서 독특한 형식을 갖추고 있다.

입구에는 측백나무 몇 그루가 있는데 햇빛을 가려줄 뿐 아니라 목조건물에 큰 위협이 되는 개미 같은 벌레를 막아주는 효과를 가지고 있다. 하나부터 열까지 세심하게 분석하고 설계한 건물이다.

덕산양조장에는 씨 주모도 있다. 잘 발효된 밑술을 한 바가지 퍼다가 고유의 술맛을 잃지 않도록 하는 것이다. 또한 진천 쌀을 이용하여 막걸리를 양조해 내는데 전통술 제조 방법을 따르고 있어 한국의 전통 생활문화를 엿 볼 수 있다. 그 공을 인정받아 2003년 문화재청 등록문화재 제58호로 지정되기도 했다.

또한 허영만 화백의 ≪식객≫에서 "할아버지의 금고"–'술도가 손자의 자아 찾기' 편의 배경이 되었던 곳으로도 유명하다.

KBS1 TV 농촌 드라마 "대추나무 사랑 걸렸네" 제751화 '소문을 찾아서'를 촬영하기도 했다.

들어서는 초입부터 술 익어가는 내음이 퍼진다. 코끝의 향을 따라간다. 어릴 적 할머니 집에서 음식 재료나 생활 도구 등을 보관해 놓았던 광이란 곳에 나를 데려다 놓는다. 한쪽에는 큰 항아리가 있었다. 큰일이 있을 때면 그 항아리에 막걸리를 제조하곤 했다. '또독또독' 술 익어가는 소리, 향을 맡을 수 있다.

28년 전 내 결혼식 날도 친할머니는 손수 막걸리를 빚어 손님을 대접했다. 남편은 그때 먹었던 막걸리가 제일 맛있었다며 지금까지 칭찬을 아끼지 않는다.

안을 구경하고 나오니 앞마당에서는 지게차로 막걸리를 나르고 있다. 전국 각지로 나가는 모양이다. 막걸리는 면역력 향상, 다이어트, 항암 등에 효과가 있다고 한다. 걸쭉한 막걸리 한잔은 힘든 노동을 잊게 했고 허기진 이에게는 밥 한 공기를 먹은 만큼 배를 부르게 하여 농번기 새참으로 사랑을 받아왔다.

어릴 적 새참 내가는 어머니 뒤를 따라, 막걸리가 든 노란 주전자를 들고 논둑길을 걸었던 생각이 난다. 술 익어가는 마을 용몽리에서 지난 추억 하나를 건진다.

실향의 바람

"이게 뭔 일이여."

600여 년 세월이 와르르 무너져 내리는 소리가 들린다. 오랫동안 터 잡고 살던 한 마을이 완전히 풍비박산이 났다. 보따리 싸서 떠나라 한다. 이주민을 위한 아무런 대책도 없이 보상비만 손에 쥐여 주고 떠나라 한다. 가고 싶지 않다고 버티고 눌러앉을 형편이 아니다. 주민들은 용기도, 배짱도, 힘도 없다. 주섬주섬 이삿짐을 쌌다. 평생 살아온 삶의 내력도 추억도 함께 챙겼다. 녹록지 않았던 지난날이 미안한 듯 보따리 안으로 슬그머니 들어앉는다.

마을 사람들은 이 동네 저 동네를 기웃거리다 제각기 형편에 맞게 자리를 잡는다. 구불구불 논둑길을 따라 걸으며 너른 들녘을 벗 삼아 살던 이들이 빌딩 숲으로 들어갔다. 성냥갑 쌓아

양화리 우리 집터

양화리 가학마을 유래비

놓은 것 같은 아파트, 우리 엄마 아버지도 그리로 터전을 옮겼다.

내 고향은 '세종특별자치시'라는 새로운 행정도시가 되었다. 산과 들판, 시냇물이 사계절 소리를 달리하며 달그락대던 자연이 땅속으로 묻혔다. 그 기반 위에 철저하게 기획되고 도식화된 현대식 도시가 뚝딱뚝딱 세워졌다. 새로운 별세계의 탄생이다. 우리 동네 사람들이 농사지으며 흘렸던 숱한 땀방울들이 흩어져 별이 되었는가. 신도시의 불빛이 휘황하다.

'금의환향'이라는 말이 있다. 부모들은 자식을 낳아서 대처에 보내 잘돼 돌아오는 것을 가장 큰 보람으로 여겼다. 그런데 어쩌다 내 고향은 그 자체가 출세하여 금싸라기가 되고 말았다. 거기 살던 사람들은 언저리를 빙빙 돌며 이방인처럼 살아가야 하는 신세가 되었다. 출세해도 비단옷 입고 돌아갈 고향이 없어졌다.

친정집에 들렀다. 아파트단지를 들어서는 입구가 아직도 낯설다. 아버지는 오늘도 아파트 흡연구역 의자에 앉아서 담배를 태우고 있다. 이사 온 지 수년이 흘렀으면 적응이 됐으련만 아파트 생활은 여전히 답답하신가 보다. 농사만 짓던 분이라 텃밭이라도 있는 주택으로 이사를 했으면 싶었지만, 형편이 안 됐다. 주변 지역의 땅값이 많이 뛰어 아버지 손에 쥐어진 보상비만으로는 집을 짓기에도 빠듯했기 때문이다.

집에 들어오자마자 아버지는 휴대전화부터 꺼내 든다. 전화기에서 계속 띵띵 거린다고 한다. 메시지 함 용량이 다 차서 그런 거다. 일없는 노인에게도 별별 메시지가 다 온다. 필요 없는 것들을 모두 지우고 나니 당신 자식들 전화번호를 순서대로 저장해 놓으라고 한다. 전화기를 정리하는 사이에 아버지는 예전에 살던 집터에 가보고 싶다고 하신다. 나 역시 궁금하여 아버지와 함께 집을 나섰다.

기억을 더듬어 예전에 살던 집 근처에 다다랐다. 마을 한가운데 있던 동구 나무가 보인다. 논이며 밭, 산까지도 평지로 만들어졌다. 마을을 가로지르는 4차선이 새로 나 버티고 있다. 들어가는 길이 막혔다. 다른 길로 돌아가 본다. 다행히 집 앞에 있던 전봇대와 작은 도로가 남아 있어 내가 살았던 집터임을 짐작게 해준다. 내친김에 한동네 살았던 할머니 집터도 가 봤다. 집 주변의 그 많던 대나무, 감나무, 밤나무들은 보이지 않고, 몇 그루만 간신히 목숨을 부지하고 있다. 내 어릴 적에 밤 주우러 다녔던 곳이다.

아버지는 큰 도로 옆 울타리의 안부를 묻는다. 엄마랑 깻단을 울타리에 세워서 말리면 잘 말랐다고 하면서 눈을 껌뻑이다가 멀리 눈길을 돌리신다. "고향 동네만 안 떠났어도 느그 엄니가 그렇게 쓰러지는 일은 없었을 거인디…" 쓰러졌다 해도 동네에선 바로 발견되었을 것이라는 아쉬움을 쏟아내신다. 이 동네에서 천년만년 살 줄 알았다 한다. 고향이 이리되고, 그곳을 떠나서 엄마가 아픈 건 아닌지 생각을 하시는 모양이다. 고향을 떠난 동리 어른들 여러 명이 하늘나라로 갔다는 이야기도 덧붙인다. 아버지의 말씀을 들으며 형태도 없이 변해버린 동네를 휘둘러본다. 옛일이 주마등처럼 스친다.

마을을 떠나 이사를 했지만, 이곳에 살던 사람들은 지금도 해마다 두세 차례 동구 나무 아래 모여 친목을 다진다. 아버지는 엄마가 입원하고부터는 참석하지 않는다고 한다. 두 분은 바늘과 실처럼 늘 함께했다. 엄마는 시력이 약한 아버지의 눈이 되고, 아버지는 엄마의 다리가 되어 의지하며 다니셨다. 엄마가 덜컥 쓰러져 병원에 누워 있고부터는 아버지는 혼자다. 엄마와 함께 이곳을 다시 올 날이 있을까? 시야가 뿌옇게 흐려진다.

아버지의 80여 년 삶의 여정과 내 어릴 적 기억을 뒤로하고 다시 타향 같은 아파트 집으로 향하는 길이다. 삘기 뽑고 진달래 꺾으며 놀던 동산이 보인다. '무궁화 공원'이라는 이름을 어엿이 달고 있다. 차를 멈추고 잠깐 들러 보았다. 무궁화 공원은 행정 중심복합도시를 상징하는 표식으로 가꿔가는 중이란다. 앙상한 가지가 우리 부녀를 맞이한다. 무궁화는 오로지 한 곳만을 향하는 정성과 일편단심으로 변하지 않는 마음을 의미한다.

엄마, 아버지가 향하는 곳은 오로지 그 옛날 살던 정겨웠던 고향마을인데 그곳으로부터 밀려난 지금 어디다 마음을 둘 것인가. 천지개벽한 고향을 먼발치에서 바라보아야만 하는 실향민의 마음이 허허롭기만 하다.

요양병원에 있는 엄마도, 성냥갑 같은 아파트에 혼자 계시는 아버지도, 망연히 바라볼 수밖에 없는 이 딸도 일편단심인 무궁화동산에 이방인으로 머무는 한 줄기 바람이다.

수학자, 최석정

따뜻한 봄을 기다리는 일요일 아침, 노모의 생일로 60 안팎의 6남매가 모였다. 아침밥을 먹는 중이다. 큰 시누이가 먼저 이야기를 꺼낸다. 올해 초평초등학교가 100주년이 되었다고 동창들에게서 연락이 왔다는 것이다. 6남매는 같은 학교 동문이어서 그날 일정이 어찌 되는지 서로 이야기를 나눈다.

초평초등학교는 초평면 금곡리 4천여 평 부지 위에 자리 잡아 일제강점기인 1923년 4월 1일 초평보통학교로 개교하였다.

남편은 초평에서 나고 자랐다. 형제자매가 많던 남편 세대는 한 집 건너 형 친구, 누나 친구다. '네 형은, 네 누나는, 공부를 잘하는데 너는 왜 안 하냐'라는 말을 큰누나 친구인 담임 선생님께 많이 들었다고 한다.

그 형제들은 자라면서 고향을 떠나 타지에 자리를 잡았다.

최석정 (崔錫鼎)
([illegible])

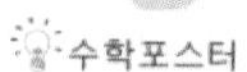

1

수학포스터

- 초·중(개인)
- 신청: 5. 31.(금)까지 소속교
- 수상작은 충북수학축제 메인포스터 활용

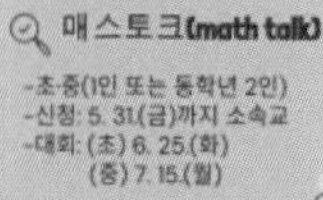

2

매스토크(math talk)

- 초·중(1인 또는 동학년 2인)
- 신청: 5. 31.(금)까지 소속교
- 대회: (초) 6. 25.(화)
  (중) 7. 15.(월)

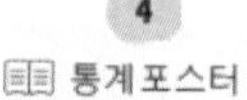

3

수학챌린지

- 초6(개인), 중3(개인)
- 신청: 5. 31.(금)까지 소속교
- 대회: (초) 6. 18.(화)
  (중) 7. 11.(목)

4

통계포스터

- 초·중·고(팀별 3인 이내)
- 신청: 5. 31.(금)까지 소속교
- 대회: (초) 7. 2.(화)
  (중·고) 7. 9.(화)

5

주제탐구프로젝트

- 고(팀별 3인 이내)
- 신청: 5. 31.(금)까지 소속교
- 대회: 7. 16.(화)

6

수학동아리 활동 공유

- 중·고 수학동아리
- 신청: 5. 31.(금)까지 소속교
- 사례발표: 9. 6.(금)

장성하여 아이들을 데리고 가끔 고향을 방문할 뿐이다. 그러는 사이 초평초등학교도 예전의 명성과는 달리 학생 수가 계속 줄고 있다. 2008년 초평면에서는 장학제도를 마련하여 학생 수 늘리기에 힘썼다. 2010년, 초등학교 졸업생과 대학교 재학생을 시작으로 중학교, 고등학교, 대학교 신입생까지 장학혜택을 누리고 있다.

작은아이는 2009년 집 가까운 학교에 다니다 초평초등학교로 전학을 결정했다. 초평초등학교 교문을 들어섰다. 교문을 지나니 학교 전경이 보인다. 야트막한 뒷산이 병풍처럼 들어서 있다. 한 해 동안 내 아이를 잘 품어 주었다.

그해에 강당을 지어 '지산관'이라 이름을 지었다. 초평초등학교가 명곡 최석정 선생을 모신 지산서원이 존재했던 자리를 의미한다. 지금도 학교가 있는 마을 이름이 '서원말'로 불리고 있다.

최석정은 문과에 급제한 후 부제학, 한성판윤, 이조판서 등을 역임하고 우의정이 되어 청나라에 사신으로 다녀왔다. 그 후 좌의정, 영돈녕 부사를 거쳐 영의정에 올랐다. 말년에 향리인 진천 초평면 금곡으로 물러나 태극정을 짓고 후학을 양성하였는데 현재 태극정은 없어졌다. 문장과 글씨에 뛰어났던 최석정은 당시 배척 받던 양명학을 발전시키고 "명곡집", "경세정운도설"과 수학책 "구수략"을 저술하였다. 이러한 최석정의 업적을 기리기 위해 최석정의 사후 제자인 진사 이시진의 주도로 지산서원을 건립하였다.

지산서원에서는 최석정의 제향은 물론, 후학을 양성하는 교육기관의 역할을 하다가 대원군의 서원 철폐령에 따라 철거되었다. 현재는 서원마을 초평초등학교 뒷산 바위에 최석정의 글씨로 새긴 '옥천병(玉川屛)'이라는 암각만이 남아 옛 지산서원이 있었음을 알리고 있다.

숙종 때 영의정을 8차례나 지낸 최석정은 최명길의 손자이며, 소론의 중심인물로 합리적이고 실현이 가능한 정책을 추구한 수학자다. 현대 수학 중에서 조합이론의 선구자이며 세계 최초로 9차 마방진을 만들었다. 9차 마방진은 가로세로 9개씩 81개의 숫자로 만들어지는데 1부터 81까지의 수를 중복 없이 배열한 방식이다. 마방진은 여러 개의 자연수를 정사각형 모양으로 나열하여 가로나 세로, 대각선으로, 행이나 열의 합이 모두 같게 한 것을 말한다.

세계적인 물리학자이자 수학자인 레온하르트 오일러가 발명한 라틴방진보다 67년 앞서 내놓은 것이다. 라틴방진은 각행과

열이 각각 주어진 알파벳의 문자를 모두 중복되지 않게 포함하는 정사각 행렬이다. 최석정은 이런 업적을 인정받아 2013년 한국과학기술한림원에서 제정하는 과학기술인 명예의 전당에 선정되었다.

얼마 전이다. 충북 자연과학원에서는 '최석정 수학 페어'를 운영했다. 수학 챌린지, 수학 포스터, 창의적 구조물 만들기, 수학 역사실, 수학 체험실 등이다. 이는 우리 아이들에게 수학적 사고와 창의력을 높이는 기회가 될 것이고 서로 협력하는 과정에서 문제 해결 능력을 키워 나갈 것이다. 미래 교육에 수학을 담은 것이다. 이 프로그램이 계속 이어져 그의 명맥을 잇기를 바란다.

달콤한 바람

퇴근길이다. 바람이 같이 가자고 팔짱을 낀다. 꼬물꼬물 올라오는 봄 친구를 맞으러 학교 숲으로 발길을 돌렸다. 중간쯤 지났을까 달콤한 향이 코끝을 맴돈다. 잠깐 멈추어 주위를 둘러보았다. 나를 꼬드기는 녀석을 찾아 코를 흠흠 거렸지만 저만치에 매화꽃 몇 송이만 피었을 뿐 그의 향기는 아니다.

집에 갈 채비를 했다. 주차장에서 차 시동을 걸었다. 조금 전에 보이지 않았던 꽃이 하얀 손을 흔든다. 한걸음에 달려가 보니 작고 어린 미선나무 한 그루다. 너였구나.

작년이었다. 현관문 앞 앙상한 채로 화분에 있던 놈을 이곳에 옮겨 심었던 것이다. 한해를 지냈다고 조금은 굵어졌다. 가지도 많아졌고 제 혼자서도 잘 자라고 있는 것 같아 흐뭇했다.

미선나무와의 인연은 30여 년 전으로 돌아간다. 결혼하고 처음 맞는 따뜻한 봄, 남편이 쉬는 날이어서 본가를 방문하기로 했다. 시댁에 들어서는데 처음 맡는 향이 나를 이끌었다. 담장 밑 양지바른 곳에서 봄 햇살을 받으며 다소곳이 서 있는 가녀린 나무, 생김새는 개나리요 색은 하얀색에 더 가까운 꽃이 피어 있다. 쪼그만 꽃의 향이 담장 너머로 진하게 존재감을 드러낸다. 남편에게 무슨 꽃이냐고 물으니 '미선나무꽃'이라고 한다.

미선나무는 열매 모양이 둥근 부채를 닮았다 하여 붙여진 이름이다. 개나리처럼 꽃이 잎보다 먼저 피는데 주로 자줏빛이 도는 흰색 꽃이다. 긴 꽃대에 여러 개의 꽃이 어긋이 수북하게 달렸다. 연분홍색의 꽃이 달리는 일도 있지만 흔하지 않다.

남편 말에 의하면 충북 진천군 초평면 용정리. 현재 초평면사무소 맞은편 소방서 건물 뒤쪽 야산에 자생했다 한다. 시댁 본가 뒤쪽이다. 1917년 전태헌 박사가 처음 발견하였고 해방 한참 뒤인 1962년 천연기념물 제14호로 지정됐다. 그러나 많은 사람에게 알려지면서 무단 채취로 그 보존 가치를 잃어 지정 7년 만인 1969년 천연기념물에서 해제되었다.

2010년 12월에 초평 의용소방서 건물 옆에 세운 천연기념물 '미선나무 자생지' 표지석만이 쓸쓸히 서 있다.

얼마 전 지인들과 농다리 걷기를 할 때였다. 까마득히 잊고 있

미선나무자생지

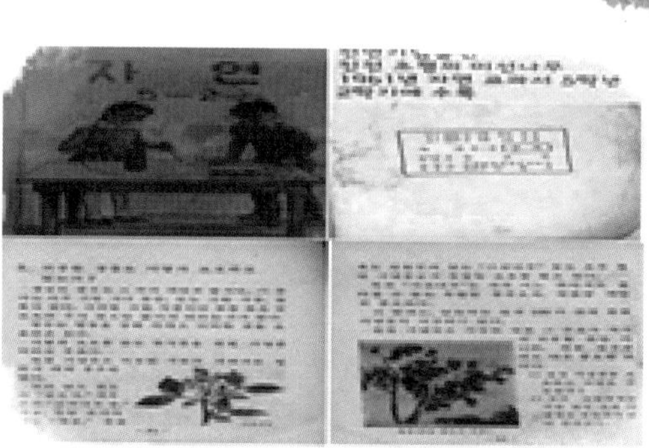

던 미선나무가 길섶에 옹기종기 모여서 꽃을 피우고 있는 것이 아닌가, 다른 장소에서 만나니 더욱 반가웠다. 나중에 전해 들은 이야기로는 1917년 발견 후 100년 만에 최초 발견된 곳을 복원해야 한다는 의견이 초평면민들 사이에서 일었다 한다. 옛 명성을 회복하기 위하여 미선나무 자생지 기념비 부근에 100그루를 심었고, 농다리 주변에도 5,000그루를 심었다는 것이다.

초평면 석탄 마을에서는 개나리 대신 미선나무로 울타리를 만들고, 초평초등학교는 교정에 심어 생태 학습장으로 활용하는 등 복원에 힘을 쏟는다고 한다. 이제야 한 걸음을 떼기 시작하였다.

천연기념물인 진천 초평의 미선나무는 1961년 자연 교과서 5학년 2학기에 수록되기도 하였다. 세계 유일의 희귀종이다. 열매는 항암, 항염, 효능이 있고 화장품, 향수, 한약재, 식품 등의 약용 식물로 주목받고 있다. 괴산군은 일찍이 그 진가를 알아본 것일까? 자생지가 가장 많으며 축제, 수출, 향토 사업 등을 육성하고 다양한 정책을 펼치며 맥을 이어 오고 있으니 말이다.

진천에서도 아기가 걸음마를 하듯 천천히 걸어 자생지 본래의 면모를 갖춰 갔으면 한다.

수인번호 二六四

'1945년 8월 15일, 당일에는 만세를 부르지 않았다'라는 TV 소리에 눈이 번쩍 떠졌다. 최태성의 벌거벗은 한국사다. 이야기 속으로 빠져든다.

히로히토 천왕의 목소리가 라디오로 중계된다. 항복 발표다. 방송은 잡음이 심했으며 그 당시 쓰던 일본어도 아니고 황족어로 나왔기 때문에 알아들을 수 있는 사람은 얼마 없었다. 일본인들은 여전히 길거리를 활보하였고 아무 일도 없었던 듯 조용했다. 오후 4시 30분쯤에 조선에서 최초로 안재홍과 학생들이 대한독립 만세를 불렀다는 말도 있다.

일왕의 항복 발표로 위기를 느낀 조선총독부의 엔도 경무총감은 '여운형'에게 조선에 거주 중인 일본인들이 안전하게 돌아갈 수 있도록 도움을 요청한다. 이에 여운형은 엔도를 돕는 대신 5가지 조항을 요구한다.

5가지 조항은 첫째, 정치범과 경제범을 즉시 석방할 것. 둘째, 3개월간 식량을 보장할 것. 셋째, 치안 유지와 건국을 위한 정치 활동에 절대 간섭하지 말 것. 넷째, 청년과 학생을 조직 훈련하는데 간섭하지 말 것. 다섯째, 근로자와 농민을 건국 사업에 동원하는데 간섭하지 말 것 등이다.

다음 날 서대문형무소에 있던 정치범과 경제범이 석방되기 시작한다. 그제야 광화문에서부터 종로, 남대문, 서울 전역이 만세 행진으로 이어졌다는 내용이다.

2023년 8월 15일, 78회를 맞이하는 광복절, 오늘은 문우들과 이육사를 만나러 가는 날이다. 전날 그의 대표적인 시 몇구를 캡처했다.

8월의 햇발도 선생을 만나러 가는 우리를 응원해 준다. 문학관 앞 청포도가 길을 안내한다. 그의 발자취를 따라 들어갔다. 육사는 퇴계 이황의 14대손이며 1904년 독립운동가 집안에서 태어났다.

그는 1927년 조선은행 대구지점 폭파 사건에 연루되어 대구형무소에서 3년간 옥고를 치른다. 그때의 수인번호인 二六四에서 호를 '육사'라고 지었다. 이육사의 이름은 여기에서 시작된다.

39여 년의 생을 살면서 옥살이만 17번 했다는 사실이 그의 삶을 대변한다. 1930년 조선일보에 〈말〉로 등단하면서 상징적이고 서정적인 시를 썼다. 대표적인 시 〈절정〉에서 그는 '겨울은 강철로 된 무지갠가보다'라고 독백한다. 무지개는 아름답고 환상적인 빛을 발하며 하늘에 걸린다. 일반적으로 꿈과 희망에 비유된다. 그러나 '강철' 이미지와 만나면서 좀체 이루어지지 않는 희망에 대한 탄식의 의미를 갖게 된다. 그러나 끝내 무지개를 통해 희망을 놓지 않았음을 역설적으로 표현했다.

그는 어머니와 큰형의 소상을 위해 귀국했다가 체포되고 베이징으로 압송되어 일본총영사관 감옥에서 1944년 순국한다.

둘째 동생과 동지이자 친척인 이병희가 시신을 화장하고 유품인 〈광야〉 〈청포도〉 등의 작품을 정리했다.

문학관 안의 형무소 모형에 들어가 보았다. 모형이기는 하나 갑갑하다. 무섭다. 이런 곳에서 일제의 고문을 견디며 오직 대한민국의 독립만을 바랐을 그의 숨결을 느낀다. 그렇게 온몸으로 싸워 지켜낸 대한민국에 지금 내가 서 있다.

누군가가 그랬다. 전쟁터에 나가 싸우는 것만이 애국은 아니라고. 개인인 '나'가 할 수 있는 것을 찾고 건강한 사회의 일원이 되어 우리나라 역사에 관심을 두는 것만 해도 애국에 일조하는 것이 아닐까 싶다.

'어떻게 찾은 나라인데…'

위안부 배상금 대납, 인류의 우물인 바다 후쿠시마 핵 오염수 투기 등으로 떠들썩한 오늘의 현실이 안타깝기만 하다.

c h a p t e r _ 2

반창꼬

처음에는

사람 발소리에 놀라 달아나기만 하더니

지금은 인기척이 나지 않을 때까지 숨죽여 기다린다.

누가 머리 나쁜 사람을 닭대가리라 했던가,

녀석은 머리를 쓸 줄 안다.

학교 숲 저편에서

"오늘 저녁은 치킨이 닭!" 하고 아이들이 소리 지르며

닭 뒤를 쫓아간다.

닭이 달린다.

어린 시절 내가 달린다.

– 본문 중에서

닭 달리다

점심시간이다. 잠깐의 여유를 내어 학교 숲을 산책하는 중이다. '새싹 정원'이다. 이월초등학교는 큰 나무 밑에 풀만 무성하던 작은 숲을 몇 년 전에 새로 정비하고 100주년을 기념해 새싹 정원을 만들었다.

이곳은 봄에 새싹들이 꼬물꼬물 올라오는 것을 시작으로 겨울 설경까지 아름다운 정원이 된다. 정문 안쪽으로 조성된 벚꽃길은 점심시간이면 지나가던 직장인들이 가끔 들어와 앉아 쉬었다 가곤 한다. 산책 코스로도 딱이다. 지역 주민들도 산책 겸 운동을 하러 온다. 밤에는 나무와 꽃이 조명과 어울려 멋이 배가 된다. 닭도 산다.

오늘도 닭이 밤사이 잘 잤는지 조심스레 찾아보았다. 안 보인다. 꼭꼭 숨었나 보다. 이제는 '사료를 사다 줘야 하나, 겨울은 어찌 지내지?' 하며 자연스레 한 식구처럼 걱정해 주는 사이가 되었다.

저 멀리서 1학년 아이들이 뛴다. 그 앞에는 닭이다. 닭은 한참을 뛰다가 수국 나무 사이에 숨는다. 나무 한가운데에서 움직이지 않고 있다. 아이들은 나무를 이리저리 흔든다. 아이들 틈 사이로 닭이 또 뛴다.

여름방학 전이었다. 학교 숲에 수탉 한 마리가 들어 왔다. 숲으로 들어와서는 길을 잃은 모양이다. 갈팡질팡한다. 며칠을 두고 계속 눈에 띈다. 인기척이 조금이라도 나면 푸다닥 날갯짓하며 달아난다. 저렇게 도망만 다니면 힘들 텐데 어찌 지낼까 싶었다.

여름방학 어느 날, 학교에 다다랐을 무렵이다. 숲 울타리 밖으로 닭이 보인다. 밖으로 나왔으면 자기 집을 찾아갈 것이지 안쪽으로 다시 들어가려 애를 쓴다. 그러고 며칠이 지난 오후다. '꼬끼오' 자기가 살아 있다고 녀석이 외친다. 다시 숲으로 들어온 것이다.

나 어릴 때, 닭 울음소리는 새벽을 알리는 소리였다. 시계가 변변히 없던 시절 농촌에서는 닭 울음소리를 듣고 일어나 일을 시작하였다. 그러나 현재는 시도 때도 없이 운다고 민원까지 들

새싹정원

어온다. 옛정서가 소음으로 인식이 변한 것이다.

개학한 지도 며칠이 지났다. 숲 곳곳에 모아 놓은 낙엽들이 흐트러져 있다. 떨어진 잣송이도 하나씩 펼쳐져 있다. 주말 내내 알차게도 쪼아 먹었나 보다. 이곳은 먹이도 풍부하고 천적으로부터 피하기 좋은 조건을 가지고 있는 모양이다.

처음에는 사람 발소리에 놀라 달아나기만 하더니 지금은 인기척이 나지 않을 때까지 숨죽여 기다린다. 누가 머리 나쁜 사람을 닭대가리라 했던가, 녀석은 머리를 쓸 줄 안다.

학교 숲 저편에서 "오늘 저녁은 치킨이 닭"하고 아이들이 소리 지르며 닭 뒤를 쫓아간다. 닭이 달린다. 어린 시절 내가 달린다.

내가 더 사랑해

"저 읽었어요." "우리 집에 있어요." 책을 꺼내자마자 쏟아져 나오는 외침이다. 책 표지부터 연두 연두하다. 앞표지에는 어린아이 팔의 몇 아름되는 큰 나무가 있다. 잎은 무성하다. 떨어지는 사과 한 개를 소년이 받으려 한다. 쉘 실버스타인이 1964년에 지은 책이다.

"옛날에 나무가 한 그루 있었습니다…. 그리고 그 나무에게는 사랑하는 소년이 하나 있었습니다."

목소리가 커졌다 작아지기를 반복하면서 아동들이 책을 읽는다. 책을 보면 소년이 날마다 나무에게로 와서 떨어지는 나뭇잎을 한 잎 두 잎 주워 모아서는 나뭇잎으로 왕관을 만들어 쓰고 숲속의 왕 노릇을 한다. 그늘에서 쉬기도 하고 그네도 뛰며 숨바꼭질도 한다. 소년이 나이가 들자, 사과를 선물하기도

《아낌없이 주는 나무》 표지

하고 가지를 베어서는 집을 지으라고 가져가게 하며 배가 필요하다고 하자 줄기까지 준다. 늙어서 편안히 앉아서 쉴 곳을 찾는 소년에게 마지막으로 남은 밑동을 내어 준다. '그래서 나무는 행복했습니다.'라는 이야기이다. 사과나무가 한 소년에게 아낌없는 베푸는 삶을 단계적으로 표현하고 있다.

한 아이가 책을 읽다 말고 "그런데 저 나무 좀 이상해요. 소년에게 다 주고 행복하다잖아요."라고 묻는다. 아이 질문의 답변은 잠시 뒤로 미루고 책을 읽고 난 후 독후활동지를 내주었다.

첫 번째로 '나무는 어떤 열매를 맺는 나무일까요' 이다. 아이 대부분은 사과라고 적었다. 한 아이가 '주목'이라고 적는다. 왜 그렇게 생각하느냐고 물으니 나무 생김새가 그렇게 생겼단다. 나무에 관심이 많은 아이였다.

두 번째로, '나에게 아낌없이 주는 나무와 같은 사람이 있나요. 혹은 내가 누구에게 나무처럼 아낌없이 주고 싶은지 생각해 보아도 좋습니다.' 라는 질문에는 엄마는 맛있는 밥도 해주고 장난감도 사주고 마트에서 과자도 사준다는 대답이 많다. 거꾸로 엄마에게 돈을 주겠다는 아이도 있다. 또 할아버지가 목말을 태워 주기도 했고 오빠가 같이 놀아 줬다는 대답도 있다.

이 아이들이 '주는 것이 행복하다'라는 이유를 잘 이해했을까? 20년이나 30년이 지나서 한 아이의 부모가 되어, 이 책을 다시 읽는다면 모든 것을 다 주고도 왜 행복하다고 하는지 알지 않을까 싶다.

아낌없이 주는 나무, 그리고 소년을 다시 본다. 나의 어머니가 그러셨구나. 줄 수 있는 가장 좋은 것들을 자식들에게 주었구나. 두 아이의 부모가 되어보니 이제야 조금은 이해가 된다. 부모란 그런가 보다. 항상 행복한 것은 아니지만 그런데도 자식이 무언가가 필요하다면 자신의 것을 다 내어 준다. 새로운 삶에 도전할 때는 마음을 다해 응원해 주고, 삶에 치여 힘들 때는 그저 존재만으로도 마음의 안식처가 되었던 내 부모처럼 나도 그런 부모이고 싶다.

놀이가 공부다

놀이시간이다.

"즐겁게 춤을 추다가 그대로 멈춰라."

"3명" 우르르 3명씩 짝꿍을 만든다. '즐겁게 춤을 추다가 그대로 멈춰라.'라는 놀이는 노래에 맞춰 신나게 춤을 추다가 멈춘 다음, 술래가 2명이나 3명을 외치면 두 명씩 세 명씩 짝꿍을 만들어야 한다. 짝꿍을 만들지 못하면 탈락하는 것이다. 신나게 춤을 추면서 동시에 눈치를 봐야 하는 놀이이기도 하다.

노래에 맞춰 춤을 열심히 추는 아이가 있는가 하면 이번엔 누구랑 짝꿍을 할까? 이리저리 눈치를 보느라 춤은 뒷전인 아이도 있다. 한바탕 탈락자를 가려낸다. 탈락한 친구는 서운해 하면서도 다음 놀이를 위해 재빠르게 나가 주어야 한다. 저 아이가 어제 나 탈락시켰다고 울고불고하던 친구가 오늘은 짝꿍이 되어 탈락하지 않고 끝까지 남으려 한다.

"나 탈락 안 했어.", "아니야 심판 나 나가야 해"하고 우기는 친구들도 있다. 그러면서 아이들은 규칙을 하나씩 만들어 정한다. 심판도 세운다. 웃고 울고 싸우고 화해하는 과정에서 살아가는 방법을 터득해 나가게 된다. 신나게 뛰고 고함지르며 그 아이들만의 마음을 맘껏 표출한다.

마지막 몇 명 남지 않은 상황에서 술래가 오늘은 '철수 잡기다'를 외친다. "잡아라." 술래의 말이 떨어졌다. 철수는 안 잡히려고 자메이카의 100m 달리기 선수였던 '우사인 볼트'처럼 빨리 뛴다. 10여 분 지났을까? 아이들 얼굴이 빠알갛게 상기되고 이마엔 땀이 송골송골 맺혔다.

내가 국민학교 때에는 쉬는 시간만 되면 우르르 몰려 나가 이리 뛰고 저리 뛰며 누가 가르쳐 주지 않았어도 줄넘기, 고무줄놀이, 공기놀이, 등을 하고 놀았다. 동네 언니 오빠들이 하는 놀이를 보고 습득을 한 것이다.

학교가 파하고 집에 와서도 동네 아이들과 놀기에 바빴다. 자치기, 사방치기, 연날리기, 술래잡기 등 놀이도 가지가지 참 많았다.

한참을 놀다 보면 부모님들이 "밥 먹어라." 하고 부르는 소리가 들리고 엄마가 쫓아와야만 집으로 가곤 했다. 그런 놀이를 지금의 아이들은 수업으로 한다. 학교에서 수업이 끝나면 바로 학원에 가야 해서 놀 시간이 부족하고 놀 장소 또한 마땅하지 않다. 저희끼리는 모여도 무엇을 하고 놀아야 하는지 놀이 방법을 모른다. 놀이터에 가보아도 놀 친구들 또한 없다. 학교에서 선생님들이 놀이 방법도 놀이할 친구도 가르쳐줘야 놀이가 가능한 세대가 된 것이다.

놀이는 눈에 보이지 않고 잘 느낄 수 없지만, 그 힘은 아이들 자신을 변화시키고, 함께 노는 사람도 변화시키며 더 나아가 이 세상을 바꿀 힘의 원천이 된다고 한다. 운동장에서 또는 동네 한 귀퉁이에서 저희끼리 몸으로 부딪치고 넘어지고 깨지면서 더불어 살아가는 지혜를 터득해 갈 수 있다. 형과 아우들이 함께 어울려 마음껏 뛰놀던 그때가 그립다.

민초의 힘

"엄마, 아침이야 빨리 일어나"

알람 소리에 맞추어 강아지들이 야단이다. 눈꺼풀을 겨우 떼고 쌀을 씻어 밥솥에 안쳐놓고는 거실 암막 커튼을 젖힌다. 언제부터인가 아침마다 창문을 통해 바깥세상을 구경하는 버릇이 생겼다. 같은 공간인데도 창문을 통해 바라보는 세상은 다른 세계인 양 언제나 내 마음을 편하게 해준다.

오늘은 비 온 다음 날이어서 그런지 새벽하늘이 맑다. 모처럼 만에 맑은 하늘이다. 구름 사이로 비집고 붉게 번져오는 동살이 곱다. 호두가 발치에서 "엄마, 나도, 나도" 하면서 까치발로 폴짝폴짝 뛴다. 호두를 품에 안고 함께 밖의 풍경을 즐긴다.

길 건너편에는 출근하는 차들이 아무 일도 없다는 듯이 지나간다. 아파트 옆 건물의 불빛이 환하다. 따스하게 느껴지는 빛이다. 그러나 내 마음 한구석은 강철이 내리누르는 듯 무겁다. 여명 사이로 엄마의 얼굴이 일렁일렁 머문다. 요양 시설에 계신 엄마를 본 지 한참 되었다. 주말 사이에 '코로나19' 확진자가 더 늘었다는 소식이 TV에서 전해온다. 턱 내려앉는 가슴을 추스르듯 창문을 닫고 출근 준비를 서둘렀다.

남편이 출근하고 난 뒤 나도 집을 나섰다. 주차장에 차를 세우는데 학교가 조용하다. 평소 같으면 저만치에서도 아이들의 목소리로 시끌벅적했을 터인데 교실 가까이 도착하도록 인기척이 없다. 이 적요한 현상이 낯설다.

지난 일요일 학교에 휴교령이 내렸다. '코로나19' 확진자가 전국적으로 늘어나고 있어서 돌봄교실도 운영 중지가 내려졌다. 긴급 돌봄이 필요한 아동만 최소한의 인원으로 운영하라고 한다. 학부모님들은 가정 돌봄을 한다고 연락 해온다. 연락이 안 되었던 아이가 늦게라도 오려나 하고 기다렸지만 오지 않는다. 아이들이 없는 빈 교실은 외로운 섬이다. 나 혼자 고립이 되어 있는 듯 맥이 풀린다. 청소함을 열고 빗자루를 들었다. 겨울방학 동안 쌓인 먼지를 또 한 번 쓸어냈다. 새 학기에 맞추어 아이들 물건 정리를 시작했다. 새로 만든 이름표도 붙였다. 사방치기 선도 다시 그렸다. 어른이 해도 될 만큼 큼지막하게 그려 놓았는데 아이들은 이곳에서 짧은 다리로 팔짝팔짝 뛰면서 잘도 놀곤 했다. 놀이하면서 "선을 밟았다. 아니다." 옥신각신하다 금방이라도 쪼르르 달려올 것만 같다.

사방치기를 하다 싫증이 나면 '무궁화꽃이 피었습니다'로 바꾸었다. 술래 마음대로 할머니 꽃도 피웠다가, 제자리선 장다리 꽃도 피우곤 했다. 같이 하는 친구의 행동을 따라 새로운 형태의 놀이를 만들어가며 재잘대던 아이들이 그새 그립다.

1차 일주일 개학 연기에 이어, 2차로 2주간 더 연기가 확정되었다는 뉴스를 접한다. "어 뭐지!" 뭔가 잘못되었다는 느낌에 불안하다. 5년 전 '메르스' 때에는 감염이 많은 지역을 중심으로 휴업을 길게는 9일에서 짧게는 2~3일 정도 했다. 등교하는 아동들을 여러 선생님이 교문 앞에서 일일이 발열 체크하고 열 있는 아이는 귀가 조치했었는데, 지금은 무언가 더 급박하게 돌아간다. 전국적인 비상사태다. 아니 세계적인 문제로 확산되어간다.

언제 학교로 돌아올지 모를 아이들을 생각하며 이곳저곳 먼지 한 톨 남지 않게 구석구석 닦았다. 출입문도 다시 소독했다.

"코로나19, 너는 여기 절대 오지 마, 이 선은 넘을 수 없어. 여기는 내 구역이야. 우리 아이는 내가 지켜" 땅, 땅, 땅! 선전 포고를 하고 나니 마음이 좀 가볍다.

점심을 먹고 다른 선생님과 학교 주변을 한 바퀴 돌았다. 운동장 한쪽에 냉이꽃, 꽃다지꽃이 "나는 학교에 나왔어요" 하고 인사를 건넨다. "우리도 왔어요" 어디선가 나비도 팔랑팔랑 날아온다. '어! 나비다.' 우리 아이들을 보는 것처럼 반갑다.

산수유나무가 몽글몽글 노란 꽃을 피우고 있다. 튤립도 아이 엄지손가락만 한 꽃봉오리를 삐죽이 내밀고 있다. 자연은 모두 어김없이 한겨울을 이겨내고 당당히 봄을 맞고 있다. 이 녀석들은 개학 날 맞춰, 이리 등교를 했는데 우리 아이들은 지금 발이 묶여 있다. 느닷없이 들이닥친 코로나, 이 강력한 복병을 하루빨리 밀어내야 할 터인데….

좁쌀만 한 꽃을 피워낸 여린 봄꽃들을 보며 꽁꽁 언 땅 밑에서 흙덩이를 밀어 올리고 싹을 틔워낸 그 힘이 분명 우리에게도 있음을 믿는다. 위기에 처할 때마다 이겨낸 것은 이렇듯 풀꽃 같은 민초들의 힘 아니었던가.

머리 위로 내려앉는 햇볕이 따스하다. 이제 곧 우아한 목련꽃을 중심으로 봄꽃들이 만발하리다. 운동장 가득 아이들 웃음이 꽃보다 더 맑고 아름답게 피어나리라.

반창꼬

몇 년 전 '반창꼬'라는 영화를 본 적이 있다. 매일 목숨을 내놓고 사건 현장에 뛰어들면서도 정작 자기 아내를 구하지 못한 상처를 가진 소방관과 단 한 번의 실수로 위기에 처한 의사가 같은 구조대에서 만난다. 생사가 오가는 치열한 현장에서 다른 이들의 생명을 구하며 살지만 정작 자신의 상처는 돌보지 못하는 강일과 의사인 미소가 서로의 상처에 반창꼬를 붙여주는 내용이 가슴에 남았다.

금요일이다. 오늘은 아이들이 돌봄 교실에 일찍 들어온다. 3학년 아이가 들어오자마자 가방을 정리하고는 내게로 와서 어제 가야금 연습을 많이 해 손가락 끝이 아프다며 보여준다. 피부가 한 겹 벗겨져 빠알갛다.

우리 학교는 2019년 문화예술 씨앗 학교로 선정되면서 국악

극단, 국악 합창, 국악과 무용, 국악과 관현악 등 다양한 문화 예술을 체험하며 배울 기회가 주어졌다. 가야금, 거문고, 대금, 타악기 등 강사의 테스트를 통해서 그 아이에게 맞는 악기를 추천해 준다. 3~6학년이 교육받을 수 있다. 3월부터 일주일에 2시간 정도 익힌 후 11월 말쯤 '꿈자락 예술 나눔 페스티벌'을 부모님께 선보인다.

4년 동안 받았던 지원을 2024년에는 못 받게 되어 많이 아쉬워했었는데 다행히 올해도 국악단을 꾸릴 기회가 주어졌다. 봄학기에 국악단 신청자를 받았다. 이 친구는 3학년이 되어 새로운 악기, 가야금을 배우는 중이다. 여린 손가락으로 가야금 줄을 튕기려니 살 꺼풀이 벗겨지기 시작한 것이다.

"어떤 치료를 원할까요. 약을 발라줄까요? 아니면 반창고를 붙이면 되겠습니까?" 반창고를 정성껏 붙여주었다. 다른 아동 한 명이 뒤에 서서는 자기 몸을 여기저기 살펴보더니 "선생님 저는 여기 피나요." 한다. 종아리에 피가 살짝 맺혀 있다. 아문 상처의 딱지가 하나 떨어진 것이다. "어~어 피나네? 많이 아프겠다." 반창고 하나를 붙여주니 씩 웃으며 자리로 가서 그날 할 일을 한다. 아이들의 손가락에 붙어 있는 반창고는 붙이는 순간에만 온전히 붙어 있을 뿐, 하교 시간에는 책가방 주변에 떨어져 있다.

일회용 반창고는 발명가나 과학자가 아닌 평범한 직장인 얼 딕슨에 의해 발명되었다 한다. 아내인 조세핀 딕슨이 항상 덜렁거리다가 부엌칼이나 날붙이에 손을 베어서 상처에 일일이 거즈를 대고 테이프를 붙여서 치료해 주어야 했다. 그러던 그가 직장에 가고 없을 때 아내가 손을 다친 채로 거즈와 테이프를 오려 자기 손에 붙이는 것은 어려운 일이다. 많이 고민하게 되었고 결국 거즈를 접어 일정한 크기로 자른 외과용 테이프에 붙여 한 손으로도 편하게 사용할 수 있게 만들었다. 문제는 테이프의 접착력과 보존이었는데 크리놀린이라는 소재를 찾아 테이프 위에 붙여서 이것을 해결했다. 크리놀린은 반창고를 붙이기 전에 떼는 흰색 비닐이다. 이것이 우리가 알고 있는 일회용 반창고다.

존슨앤드존슨의 제임스 존슨 회장이 이 발명품을 보게 되었고 1921년 브랜드화하여 판매하였다. 1928년에는 통풍구멍이 생겼고 1951년부터 지금과 같은 형태가 되었다. 후에 얼 딕슨은 부사장까지 승진하여 "나는 성공하기 위해 발명하지 않았습니다. 단지 사랑하는 사람을 행복하게 해주고 싶었을 뿐입니다."라는 말을 남겼다.

아이들의 상처는 반창고를 정성껏 붙이는 것만으로도 낫는다. 선생님에게 상처를 보여주고 반창고를 받아두는 순간 금방 말짱해지는 아이들을 보면 마음이 짠해진다.

요즈음 아이들은 정과 관심과 사랑에 아주 목말라 있다. 외동이거나, 부모님이 바빠서, 한 부모나 조부모여서 함께할 시간과 여유가 많이 없어졌다. 그래서 아이들은 관심과 사랑이 고픈 채로 자라고 있다.

눈길 한 번, 손길 한 번이 간절한 친구들이 "선생님, 여기 피나요." 하면, 자기 좀 보아달라는 이야기다. 외롭다는 마음의 표현이다. 그 작은 가슴 한구석이 뻥 뚫려 시리고 아픈 것이다. 여러 형제자매가 복닥거리며 살 때는 부모님이 보살필 여유가 없어도 저들끼리 살 비비며 우애로 부족한 정을 채워 나갔다. 저물도록 또래들과 어울려 놀다 무릎이 깨져도 아픈 줄 몰랐다. 마음이 충만했기 때문이다.

사회가 점점 복잡다단해지고 있다. 핵가족이 되면서, 가족의 의미가 무너지면서 가장 상처를 받는 건 아이들이다. 몸도 마음도 성숙 되지 않은 상태에서 시류에 무방비로 쓸린 가슴엔 늘 피가 맺힌다. 허한 마음에 상처가 난 것이다. 내가 할 수 있는 일은 아프다는 곳을 들여다보며 정성껏 반창고를 붙여주는 것이다. 순간, 아이들은 환한 얼굴로 금방 뛰논다.

날개 젖은 아이들 마음의 상처를 보듬어 주고 근본적으로 치유할 방법이 없을까? 주머니 가득 반창고를 넣고 다니며 무한으로 나누어 주고 싶다.

보물찾기

3월, 새 학기다. 도서실로 향하는 복도다. 2학년 아이들이 저만치에서 나를 반기며 뛰어온다. 나도 반가운 마음에 "어디 가요?" 물으니 "네, 도서실 가요, 문 열어 주세요." 한다.

문을 여니 캄캄하다. 불 꺼진 도서실은 처음이라며 공포영화에 나오는 집 같단다. 그러면서 아이들은 이 책장 저 책장 사이를 돌아다니며 책 탐험을 한다.

내가 의자에 앉자마자 3학년 아동들이 담임 선생님 인솔하에 우르르 몰려든다. 새로 온 선생님이다. 반 아이들이 책을 몇 권까지 빌릴 수 있으며, 대출 기간 등에 관심을 두고 물어온다. 선생님은 반 아이들의 기를 많이 살려주고 사랑을 듬뿍 퍼줄 것 같은 인상을 준다.

3학년 아동들은 저마다 자기가 읽을 책을 찾아 탐험한다. 어느 책을 읽어야 하는지 모르는 친구는 다른 친구에게 "야, 이 책 재미있어?"하고 묻기도 하고, 어느 친구들은 반납한 책 주변을 기웃거리며 이것저것 물어오기도 한다. 한차례 도서실을 휩쓸던 아이들은 저마다 의기양양하게 책 한두 권을 찾아 손에 꼭 잡고 줄을 서서 기다린다.

띡, 띡, 띡, 바코드를 찍어주며 아이들과 잠깐씩 눈을 마주친다. "연지, 안 보는 사이 키가 많이 자랐네?" 하고 말을 건냈다. 연지는 "저 연지 아니에요" 한다. "아~아 민지였구나? 미안 그럼 1학년 교실로 가야 하겠네" 하고 농담을 받아친다. 민지는 올해 1학년에 입학한 연지 동생이다.

은우는 엄마가 제 이름으로 책을 빌려 가서 빌릴 수 없다며 서운해한다. 승우는 대출 불가라고 빨간 글씨가 선명하게 뜬다. 전에 빌린 책을 기간 내에 반납하지 않아서이다. 우석이는 자기가 책을 빌릴 수 있는지를 묻는다. 전에 연체된 적이 많아서 한동안 책을 빌릴 수가 없었나 보다. 끝으로 담임 선생님은 매일 이 시간에 오겠다는 말을 남기고 아이들과 교실로 총총히 사라진다. 왠지 올해, 이 아이들 학급 생활은 정겨울 것 같은 느낌이다.

한바탕 아이들이 빠진 도서실은 조용하다. 이제부터는 나의 시간이다. 조금 전에 성민이가 찾지 못한 책을 찾아보며 도서실을 둘러본다. 지난해 9월 도서실 행사 중에 아이들의 마음과 생각이 표현된 글귀들이 눈에 들어온다. 1학년이 도서관을 주제로 한 3행시이다.

도: 도서관에 있는 달팽이는 정말 좋겠다.

서: 서둘러서 집에 안 가도 되고

관: 관심 있는 책을 다 볼 수 있으니까

'도서관은 즐거움이다! 왜? 책을 읽으면 날아갈 듯 너무 좋기 때문이다.'

'영웅으로 떠받드는 분, 그들에게도 우리와 똑같은 눈물과 웃음과 따뜻한 인정이 있습니다.'

'역사 인물 이야기는 그러한 모습을 살펴볼 수 있게 해주는 책이다.'

라는 독후감 한 구절 내용도 있었다. 아이들이 책과 벗하면서 따뜻한 마음과 생각과 꿈이 자라는 것이 보인다. 아이들이 매일 도서관을 소풍하며 보물을 찾듯 기쁨 하나씩, 행복 하나씩 찾아갔으면 좋겠다.

여름방학

여름방학이다. 이월면의 장양뜰을 지나는 출근길이다. 벼 사이사이에 하얀 솜털 꽃이 몽글몽글 모여 있다. 잡초겠거니 하고 지나가려는데 내 눈을 한 번 더 머물게 한다. 자세히 보니 벼 이삭이 하나둘 올라오기 시작한 것이다. 이 뙤약볕에 벼들은 색깔도 선명하고 줄기도 튼튼해 보인다. 힘센 태풍이 와도 쓰러지지 않고 버텨낼 수 있을 것 같다. 부지런한 농부를 주인으로 만났나 보다.

학교에 도착했다. 복도 끝에서부터 아이들이 왁자지껄 떠드는 소리가 들린다. 수업 시작 전인데도 벌써 와 있는 것이다.

교실 문에 들어서니 아이들은 선풍기도 에어컨도 전등도 켜지 않은 상태에서 저희끼리 사방치기를 하고 있다. 이마에서부터 머리끝까지 땀이 송골송골 맺혀 있다. 땀도 식힐 겸 'EBS

여름방학 생활'을 시청하라고 TV를 켰다. 아이들은 그제야 자리에 앉는다. 땀을 식힌 아이들은 수학이며 방과 후 드론, 로봇 등을 하면서 오전 시간을 보낸다.

11시부터 꼬르륵거렸던 배꼽시계에서 신호를 보내온다. 점심시간이다. 아이들은 저마다 도시락을 꺼내 놓는다. 엄마표 도시락, 편의점에서 사 온 김밥, 샌드위치, 음료 등을 꺼내 놓고 이곳저곳에 모여 먹기 시작한다. 한 아이가 보온 도시락 뚜껑이 열리지 않는다며 가져온다. 난 손바닥이 빨개지도록 있는 힘을 다해 여는데 열리지 않는다. 3학년 승우에게 도움을 청했

장양정

다. 가져가자마자 금방 연다.

"오오, 승우 힘 센데, 도와줘서 고마워" 칭찬을 해 주었더니 으쓱해하며 다른 거 더 없냐고 물어온다. 없다고 하자 자기 자리로 돌아가 밥을 먹는다. 밥을 먹는 내내 서로 반찬을 바꿔가며 먹으랴, 이야기하랴 점심시간은 두 배로 길어진다.

아이들은 도시락으로, 부모의 정성으로 배를 채운다. 점심을 먹고 난 뒤 몇몇은 학원으로 갔다. 남아 있는 아이들과 책 만들기를 했다. 이번 주 주제는 이월면에 있는 유물 유적 등에 대하여 알아가는 시간이다. 장양정, 장양뜰의 이야기며 신헌 고택의 조선시대 건축양식에 대하여 공부한다.

오늘은 '장양정' 이야기이다. 이월면 일원은 고려시대부터 조선시대까지 장양역이 있던 곳이다. 고려시대 장양역은 충청도에 속한 주요 역참의 하나였다. 장양정은 장안역에서 착안하여 붙인 샘의 이름이다. 송림리 빨래터라고 알려진 곳이다. 물이 맑고 깨끗하기도 하지만 계속 흘러내려 빨래하기에도, 물놀이하기에도 좋은 곳이다. 학교 정문으로 나가면 바로 옆에 자리하고 있다. 아이들이 여름이면 이곳에서 부모 몰래 물놀이하다 흠뻑 젖은 옷을 입은 채 집으로 향했던 곳이다. 이런저런 이야기로 책의 한 면을 채웠다.

간식 시간이다. 성인 주먹만 한 복숭아를 씻어서 자르지 않고 통째로 주었다. 조그마한 입으로 와그작와그작 먹으니, 쥐가 갉아 먹은 것 같은 이빨 자국들이 선명하게 난다. 맛있게 잘 먹는다. 앞니가 빠진 민지는 잘라 달라고 한다. 간식을 다 먹고 학원에 가는 친구, 집으로 바로 가는 친구들이 다 빠지고 텅 빈 교실이다. 이제야 한숨을 돌린다. 오늘 하루도 무사히 아무 일 없이 잘 지냈다.

태풍 8호, 9호, 10호도 무사히 물러가는 듯하다. 이제 막 패기 시작한 벼 이삭이 뜨거운 태양열에 여물고 있다. 여름방학이 끝나고 선들바람이 불기 시작하면 낟알들은 점점 살이 오를 것이다. 내 아이들도 장양뜰의 벼들과 같이 몸도 마음도 여물어 가고 있다. 나도 아이들에게 무엇인가 작은 바람을 일으켜 주고 싶어 살풋살풋 부채질을 해본다.

'영미영미영미'

매섭던 추위도 한풀 꺾이고 완연한 봄이다. 여기저기에서 새싹들이 비집고 나오는 것을 보니 마음이 따뜻해진다. 언젠가 엄마는, 살기 바빠서 모든 사물이 그저 그렇게 보였는데 요즘에는 풀 한 포기조차도 꼬물꼬물 땅을 헤집고 올라오는 모습이 다 소중하고 예뻐 보이더라는 말씀을 하셨다. 지금 내 마음이 딱 그렇다.

도서실에서 2시간 정도 있게 되었다. 도서실은 학교 건물 가운데에 위치해 수업이 끝나자마자 아이들의 재잘거림이 들린다. 그러기를 잠시, 복도는 이내 조용해졌는데 운동장은 이제부터 시끌벅적이다. 체육 시간인가 보다. 선생님의 구령과 함께 일시에 아이들의 아우성이 들려온다. 궁금하여 창가 쪽으로 갔다. 달리기를 하는 모양이다. 처음에는 열 지어 돌더니 한 바퀴씩

추가될 때마다 아이들 간격이 벌어진다. 옆구리를 만지며 걷는 듯 뛰는 아이, 빨리 오라고 손짓하는 아이, 각자의 역량과 개성이 엿보인다.

한쪽에서는 남자아이들이 지난 동계올림픽 인기 종목인 컬링의 명대사인 "영미영미영미", "영미, 헐!"을 외치며 응원해 준다. '영미, 헐!'은 '더 열심히 하라'는 뜻이다.

영미는 팀의 구성도 의성 지역이라는 한 지역에 연고를 둔 지인들이 모여 이루어져서 더 큰 화제를 불러 일으켰다. 그들로 인해 지역명까지 떴다. 스포츠의 힘이 새삼 느껴진다.

봄날 참새 떼처럼 재잘거리는 동안에 여자아이들의 달리기가 끝났나 보다. 남자아이들에게 5분 안에 들어오라고 당부하는 소리가 들려온다. 여자아이들과 별반 다르지 않다. 여자아이들이 "4분 30초, 3분, 2분 남았어"를 외치며, 같은 반 남자아이들을 응원한다. "꼴등 나랑 결혼" 그 소리에 픽 웃음이 나온다. 자꾸 처지는 친구의 이름을 부르며 '빨리 뛰어'를 외친다.

서로 친구들을 응원해 주는 마음이 이쁘다. 더 이쁜 건 저학년일 때에는 친한 친구 몇 명씩 무리를 이루어 지내던 아이들이 지금은 반 전체가 하나가 되어 같이 어울린다는 점이다. 지금 6학년들은 입학 때부터 보아온 아이들이 많다. 1학년 때에는 울

보고, 떼쟁이고, 깍쟁이였는데, 지금은 어엿한 6학년 형·누나가 되어 그 몫을 다하고 있는 것이다. 엄마의 관점에서 그 모습이 더 예뻐 보였다.

다음 시간이다. "하나, 둘. 셋. 넷" 체육 시간이 또 있나 보다. 봄꽃이 터지듯 아이들의 구령 소리도 함께 터지고 있다. 나, 이만큼 컸어, 내가 이만큼 자랐어, 앞다투어 자랑하는 것 같다. "영미영미영미" 지금 운동장을 달리고 있는 저 아이들 마음에도 의성 컬링팀의 그 마음이 분명 들어 있으리라

따뜻한 봄처럼 이 아이들이 서로 챙겨주며 격려하며 배려하는 마음으로, 각자의 자리에서 자기 몫을 다하기를 바라는 마음이다.

의자

들녘이 휑하다. 떨켜를 만들어 저를 지켜가느라 나무들도 잎을 모두 내려놓는다. 또 다른 봄을 맞기 위해 잠시 쉼에 드는 것이다. 금요일 아침이 주는 느낌이다. 주차장에서 돌봄 교실까지 걸어가는 길이다. 교실마다 선생님과 아이들의 목소리가 창문을 통해 복도로 넘어온다. 어느 반은 음악과 함께 힘찬 구령소리도 들려온다. 율동체조 시간인가 보다. 생기 있고 활기찬 소리가 내 발걸음을 가볍게 한다.

오전 시간에 잠깐 도서실에 있게 되었다. 유치원 아이들이 도서실을 방문하는 날이다. "안녕하세요" 인사를 하면서 들어서는 아이들 목소리가 맑다. 일일이 기분 좋게 인사를 맞받아주었다. 아이들은 저마다 읽을 책을 골라와 자리에 앉는다. 몇몇은 앉은뱅이책상에 둘러앉아 그림책을 넘긴다. 또 다른 일부는 의자가 있는 책상에 앉았다. 나머지 몇은 책과 술래잡기라도 하는지 돌아다니느라 도통 앉을 마음이 없어 보인다.

앉은뱅이책상에 앉아 있던 한 아이가 유치원 선생님께 선생님 옆에 앉아도 되느냐고 하면서 슬그머니 옆자리로 간다. 뒤이어 다른 두 명의 아이도 따라 옮긴다. 선생님 옆 의자를 서로 앉으려고 엉겨든다. 마치 선택받은 아이가 앉는 자리라도 되는 양…. 한바탕 자리다툼을 하고 난 뒤 교실로 떠나갔다.

'웅성웅성'하는 소리가 들린다. 시계를 보니 12시 10분이다. 유치원 아이들이 점심을 먹으러 가나 보다. 갑자기 내 뱃속은 빨리 따라나서라고 아우성을 치기 시작한다. 하던 일을 잠시 멈추고 급식소로 들어섰다. 급식소 안은 벌써 유치원과 1학년생으로 가득 찼다. 1학년 예진이가 함박웃음으로 인사를 한다. 오늘 교실에서 좋은 일이 있었나 보다. 그 애가 함박웃음을 짓는 걸 두 달 동안에 두 번밖에 보지 못했다. 예진이는 부모님이 이혼하여 할머니와 산다. 그 아이는 자신이 버려진 아이라고 생각을 해서인지 제 몸을 학대한다고 했다. 웃음기 없는 얼굴에 해맑은 웃음이 도는 경우는 많지 않다.

처음 만났던 날, 색칠 공부하는 시간이었다. 예쁜 색을 좋아할 나이에 검은색을 자꾸 쓰려고 해서 당황스러웠다. "선생님은

이 분홍색이 예쁜데 이 색으로 칠해 보는 건 어떨까?" 다른 색으로 칠해 보도록 권해 보기도 했다. 주눅이 들어서인지 목소리도 작다. "선생님, 입술이 빨개졌어요. 팔이 아파요." 간혹 툭툭 엉뚱한 소리로 나를 불러 세우기도 했다.

하루는 식빵 피자를 만들어 먹던 날이었다. 식빵 위에 햄, 맛살, 피망, 옥수수, 치즈 등 원하는 재료를 넣어 오븐에 구웠다. 한 명 한 명, 각자 만든 것을 오븐에 구워주랴, 사진 찍으

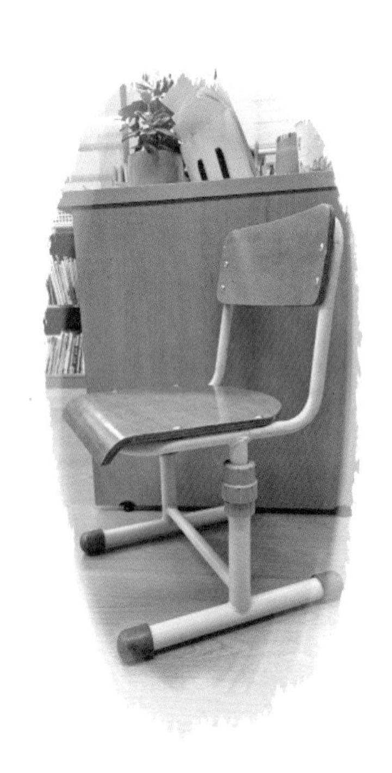

랴 바빠서 그날은 어떻게 지나갔는지 몰랐다. 다음날 사진 정리를 하다 보니 예진이가 식빵 피자를 앞에 두고 입꼬리를 올리며 활짝 웃는 모습이 눈에 들어왔다. 이 세상을 다 가진 듯한 미소다. 이 친구가 이렇게 잘 웃는 아이였구나! 만감이 교차했다. 그 이후 신경이 더 가던 아이다. 모처럼 함박웃음을 짓던 예진이에게 무슨 좋은 일이 있었냐고 물어봐야겠다. 아우성치던 뱃속이 흐뭇한 듯 봉긋이 불러온다.

방과 후 시간이다. 아직 아이들이 오지 않아 조용하다. 곧 우당탕 퉁탕 들이닥칠 녀석들을 그리며 교실을 둘러본다. 내 책상 옆에는 아동용 의자가 하나 있다. 높은 선반의 물건을 꺼낼 때 사용하기도 하지만 종종 내가 앉는 의자다. 돌봄 교실 특성상 교실 바닥에서 생활하는 아이들과 앉았다 일어섰다를 반복해야 하는데 무릎이 불편한 내가 앉기 위해 가져다 놓은 것이다.

이 의자에 앉아서 숙제 지도나 수학 문제를 확인하고 있을 때면 남자아이들은 내 뒤로 몰래 와서는 손이나 얼굴 표정으로 장난한다. 그리곤 저들끼리 킥킥대며 즐거워한다. 선생님은 뒤통수에도 눈이 달린 것을 녀석들은 모르나 보다. 여자아이들은 와락 끌어안거나 옆에 앉아서 의자를 붙들고 놀기도 한다. 틈 봐가며 가끔 와서 앉기도 한다. 유독 내가 앉는 의자에 눈독을 들이는 이유가 뭘까.

시간이 깊어 간다. 블록, 바둑, 체스를 하던 아이들이 왁자지껄하며 정리를 시작한다. 위기 탈출 넘버원 안전교육 시간이 된 것이다. 아이들은 편한 자세로 교실 바닥에 앉아 화면을 응시한다. 오늘은 '횡단보도 사고'의 사례이다. 스마트폰을 보며 횡단보도를 건너면 위험할 수 있다는 내용이다. 맨 앞의 재현이는 다리를 쭉 뻗고 누워서 본다. 민수는 현아 누나 때문에 안 보인다며 현아의 어깨를 툭툭 친다. 예진이는 아동용 내 의자에 앉는다. 5분쯤 지났을까 다른 아이들도 의자 주변에 모여들어 팔 하나, 다리 하나씩을 걸쳐놓는다.

우리 돌봄 교실 아이들은 내가 앉는 이 의자를 좋아한다. 의자에 앉아서 노는 것이 좋은지 그저 선생님 옆이 좋은 건지 모르겠지만 틈만 나면 서로 차지하려 쟁탈전이 벌어진다. 이 작은 사회에서도 벌써부터 자리에 연연하는 것인가. 언뜻언뜻 스쳐가는 외로움도 보인다. 보듬어 주어야 할 아이들에게서 내 마음의 폭을 넓히는 법을 배워간다.

공개수업

'항아리가 무엇이지, 아래위가 좁고 배가 부른 모양, 물건을 담아 저장하는데 쓰는 질그릇, 진흙만으로 만들어진 그릇이다.' 혼잣말로 계속 중얼거린다. 그럼, 언제부터 쓰이기 시작한 거지, 신석기시대부터 농사를 짓기 시작하면서 만들어졌다. 항아리에 금줄을 쳐 놓는 의미는? 붉은 고추는 악귀를 쫓고, 숯은 잡귀를 흡수, 버선은 벌레나 귀신이 항아리에 들어가지 말고 버선으로 들어가라고, 장맛이 변했을 때 본래의 맛으로 돌아가라는 의미에서 한지를 버선 모양으로 오려 간장독에 거꾸로 붙여 놨다고 반복하여 익히고 있다.

점심시간이다. 배는 고픈데 밥알이 까슬거려 안 넘어간다. 오후에는 잘 마시지 않는 커피도 마셨다. 교실을 쳇바퀴 돌듯 돌며 수업 순서를 되뇐다.

오늘은 공개수업 날이다. 항아리 책 만들기 재료, 사인펜, 풀 등을 순서대로 아동 책상 위에 올려놓았다. 2시 50분, 1학년 아동의 학부모 한 분이 밖에서 기웃거린다.

"들어오세요. 명지는 아직 안 들어왔어요?" 했더니 화장실 들렀다 온다고 한다. 복도에서 만났나 보다. 아이보다 먼저 도착한 것이다. 이어서 다른 부모님들도 들어온다.

수업 주제는 '숨 쉬는 항아리'다. 숨 쉬는 항아리란 책을 읽은 후 항아리 모양 책을 만들려고 한다. 우리 조상들 생활의 지혜와 과학이 담긴 항아리란 무엇이며 항아리가 어떻게 숨을 쉬는지 그 속에 무엇을 담고 보관할 수 있는지를 알아보는 시간이다. 마침 1~2학년은 지난주 도예공방에서 그릇이나 컵 등을 만들고

온 터라 이야기 진행이 수월했다. 책을 읽어 주는 동안 아이들은 내가 한 자라도 틀리면 큰일이 일어날 것처럼 무서운 집중력을 보인다. 부모들이 함께하는 힘인가 보다. 1학년 학부모님들의 호기심에 찬 눈빛을 받으며 수업은 진행되었다.

책 표지를 보며 이야기를 이어간다. 항아리에 버선 모양을 오려 붙였는데 왜 붙이는 걸까? 질문을 하니 "버선이 뭐예요?" 한다. 지금의 양말이라고 설명해 주니 2학년 한 아이가 '에이 더러워'한다. 버선은 귀신이 장독대 안에 들어가는 걸 막아준다는 설명도 덧붙였다. 그 아이는 "총각 귀신, 처녀 귀신, 물귀신, 좀비가 있어요." 질문을 할 때마다 다른 소리를 한다. 관심받고 싶어 하는 걸 알면서도 오늘은 응석을 받아 줄 수 없어서 아이를 향해 한번 웃어 주고는 못 들은 척 이야기를 이끌어갔다.

만들기 순서이다. 한국 옹기의 특징을 한 번 더 복습하고 내용을 오려서 미리 만들어 놓은 책의 첫 페이지에 붙이는 작업이다. 1학년 아동들은 처음 해보는 것인데 순서에 맞게 잘 붙였다. 다음으로는 항아리에 들어가 있는 김치 사진을 오려서 두 번째 페이지에 붙이려 한다. 2~3학년 아이들이 여기저기서 아우성친다.

"선생님 이건 어디에 붙여요." "이렇게 하면 돼요." " 풀이 없어요, 가위가 이상해요."

방학이나 학기 중에 하던 작업이었는데도 계속 질문이다. 다음 이야기로 넘어가야 하는데 대답해 주느라 일은 진척이 안 되고 시간은 저만치 도망가 버렸다. 예상했던 시간보다 늦어진다. 제시간에 못 끝낼 것 같다. 계속 시계를 보면서 오늘 못한 것은 다음 시간에 하자고 급하게 마무리를 했다. 한쪽에선 정리하고, 한쪽에서는 아직 책 만들기에 열중이다. 엉뚱한 질문을 했던 환이는 제일 먼저 책을 만들고 자랑스럽게 흔들어 보인다.

오늘 하루는 정신없이 지나간 것 같다. 조금 더 질서 있고 완벽한 수업을 보여주고 싶었는데 아쉬움이 남는다. 수업은 원래 아이들을 위한 것인데 이 시간만큼은 좀 더 나은 나를 보여주고 싶은 욕심이 도사리고 있었나 보다. 내 마음을 아는 듯 학부모가 빗자루 들고 정리를 같이 도와준다. 집에서나 밖에서나 아이들 일은 마음먹은 대로 계획대로 안 될 때가 많음을 공감하는 게다.

c h a p t e r _ 3

지금 아니면 언제

생각이 많아졌다.

지금 아니면

공부를 계속할 기회가 없을 것 같아서다.

공부를 시작하고 아동들을 다시 보게 되었다.

오늘도 초롱초롱한 눈망울로 나를 바라본다.

눈을 마주친 아동이 물어온다.

무엇이 문제인지 찬찬히 살펴본다.

-본문 중에서

나들이

남녘으로부터 꽃 소식이 밀려오고 있다. 친구랑 한참 전화 통화를 하다가 딸아이가 "엄마, 제주도 유채꽃 보러 가자"라는 말을 한다. 가족 나들이를 간 지 10여 년이 넘은 것 같다. 이제는 딸들이 다 커서 나들이 가자는 소리를 먼저 한다.

큰아이에게 비행기 편, 숙소, 렌터카 등을 알아보라 했다. 큰아이한테만 맡긴 것이 미덥지 않아 나도 비행기 편을 찾아보았다. 이 항공사 저 항공사 아무리 기웃거려도 예약하는 기간이 짧아서인지 비행기 시간이 맞질 않는다.

큰아이한테 비행기 시간이 맞질 않는다고 했더니 "그럼 할 수 없지 뭐" 한다. 이대로 포기하기엔 내가 유채꽃이 더 보고 싶어졌다. 다시 이리 기웃 저리 기웃거리다 보니, 어느 여행사에 간신히 내가 원하는 시간대의 비행기표가 있어 여행길에 올랐다.

일정에 따라 애월 해변도로를 지나는 중이다. 두 공주님이 "와~아, 와~아" 연달아 함성을 쏟아낸다. 바다를 더 가까운 곳에서 보고 싶어 잠깐 멈췄다. 서해나 동해는 비교가 안 될 만큼 자연의 색을 담고 있다. '이쁘다'라는 말만 연달아 나온다. 해변도로에서 걷기 여행을 하는 한 무리가 보인다. 바다 가까운 곳에서 천천히 오는 중인 것 같다.

바다를 안고 이동하는 중에 아이들이 쏟아 놓는 수다가 나를 즐겁게 한다. 바다가 보이면 금토 드라마였던 도깨비의 'OST'를 들어야 한다고 했다가, 벚꽃이 보이면 버스커 버스커의 '꽃송이가'를 들어야 한다며 주문이 많다. 큰아이는 고등학교 수학여행 중에 있었던 일을 풀어 놓는다. 한라산 등반 도중 대피소까지는 올라갔는데 정상까지는 못 가고 발톱이 시커멓게 멍들어 왔던 기억이 난다고 한다. 아이들의 재잘거림이 새소리처럼 청량하다. 귀가 즐겁고 입이 즐거운 나들이 길이다.

노리매공원에 이르렀다. 매화로 유명한 곳이다. 우리는 4월 첫 주에 갔기 때문에 매화는 거의 진 상태이고 포토존이 많아서인지 젊은 연인들이 몰려들어 매화꽃을 대신했다. '우리 아이들도 남자 친구가 있었다면 저리 다니겠지' 속으로 미소 한 번 날려주고, 딸들을 바라본다. 제법 아가씨티가 난다. 작은아이는 꽃을 사진기에 담기 바쁘고, 큰아이는 셀카 놀이에 바쁘고, 난 두 아이 모습을 담기에 바쁘다.

간단히 차를 마시기 위해 오설록티뮤지엄으로 들어섰다. 녹차로 만든 차, 아이스크림 케이크 등을 먹으며 휴식을 취했다. 가만히 둘러보니 가족 단위 여행객이 많다. 어린아이, 어르신, 젊은 부부들이 서로 챙겨주는 모습이 이쁘다. 배도 부르고 천천히 걸어 나오니 길 건너편에 녹차밭이 눈에 들어온다. 얼핏 보기와는 달리 지평선처럼 아득히 펼쳐져 있다. 여기에서 나온 녹차로 운영하는가 보다.

숙소로 들어가기 전에 저녁을 먹기로 했다. 갈치조림을 먹는 중에 작은아이가 메뉴판을 보고는 "저 땅콩 막걸리 맛있데." 한다. 평소 술이라고는 입에 대지 않는 아이 입에서 나온 말이라 맛을 보기로 했다. 편의점을 들러 땅콩 막걸리와 안주를 사들고 숙소로 가는 길이다. 석양이 발길을 잡는다. 바닷바람이 차가운데 세 모녀는 무엇이 좋은지 웃고 떠든다. 일상에서 잠시 벗어나 낯선 곳에서 맞는 바람이 때론 사람을 들뜨게 하나 보다. 두 딸아이와 더불어 평소 그리 수다스럽지 않은 나 역시 합세하여 세 모녀의 수다가 석양에 물들어 간다.

빨갛게 물든 마음을 안고 숙소에 들어왔다. 땅콩 막걸리는 막걸리와 땅콩이 어우러져 먹을 만하다며 한 잔씩 하고는 방으로 들어가 저희끼리 한참을 더 키득키득한다. 낮에 찍은 사진들을 서로보고 친구들과 공유하는 것 같다.

오길 잘했다. 좋다. 편하다.

막 잠든 아이들 얼굴에 노란 유채꽃이 피어 있다.

봄을 취하다

야! 봄이다.

월요일 지인으로부터 무계획 여행을 떠나자는 연락이 온다. 난 1초의 망설임도 없이 OK 했다. 비행기표는 바로 구해졌다. 코로나-19로 인하여 여행객들이 감소하면서 생긴 현상이다. 그러면서 여행을 떠나도 되는지 여러 가지 생각의 꼬리가 가는 날까지 이어진다.

금요일 저녁이다. 자가진단키트로 미리 검사를 했다. 마스크도 꼭꼭 눌러 착용하고 비행기에 몸을 실었다. 조심스럽지만 신나는 여행의 출발이다. 기장의 안내 방송이 끝나기를 기다렸다는 듯이 아이의 칭얼거림이 들린다. 고개를 쭉 빼고 두리번두리번하고 보니 건너편 앞자리다. 2~3세쯤으로 보이는 아이가 엄마 품에서 할머니 품으로 왔다 갔다 한다. 그러는 사이 아이의 칭얼댐은 잦아들었다. 미쁘다.

일행과 이런저런 얘기를 나누다 보니 도착이다. 공항 밖으로 나오니 꽃샘바람이 옷 속을 파고든다. 그러면 어떠랴, 여행이 잖은가? 숙소에 짐을 내려놓고 근처 식당에서 늦은 저녁을 해결했다. 가벼운 산책을 하면서 나에게 밤바다의 공기를 선물로 주었다. 새로운 맛이다.

다음날이다. 눈이 반짝 떠졌다. 같이 간 일행도 일어난다. 그러면서 동시에 뱉은 말이 '산책하러 가자'이다. 우리는 세수도 하지 않은 얼굴에 마스크를 깊게 눌러쓰고 길을 나섰다. 해안도로로 나오니 아침 공기가 다르다. 마스크를 잠깐 벗어 숨을 크게 내쉬며, 저 멀리 수평선을 하염없이 바라보았다. 봄 햇살이 드리운 바다는 평온 그 자체이다.

바로 앞에 보이는 바위가 까맣다. 화산의 분화구로부터 분출한 마그마가 흘러내리다 식으면서 굳어 암석이 된 것이다. 작은 웅덩이도 몇 개 보인다. 제때 바다에 나가지 못한 물고기가 있을까 하여 물웅덩이를 열심히 들여다 봤다. 물고기는 일찌감치 빠져나갔는지 안 보이고 다슬기 새끼가 까만 바위에 하얗게 붙어 우리를 반긴다. 태고적 용암의 흐름과 살아있는 생물이 한데 어울려 있다. 자연이 허락해 준 숭고함을 본다.

제주도의 화산 폭발은 2만여 년 전이라 한다. '폼페이 최후의 날'과 겹친다. 화산의 흔적, 이것은 언제부터 이곳에 존재해 있었을까? 잠시 생각이 머문다. 사람의 발걸음을 느낀 것일까. 큰 다슬기는 죽은 척 꼼짝을 하지 않는다. 혹시 내가 다른 곳으로 가면 움직일까 하여 몇 발자국 옮겨 숨죽여 살펴보았지만 움직임이 없다. '그래 네가 이겼다.' 한참을 그네들과 숨바꼭질을 하다 발길 닿는 대로 도로를 따라 올라왔다.

제법 걸어서였을까. 배가 출출하다. 앞에 보이는 식당에서 아침을 해결하려고 들어섰다. 아침 시간인데도 식당 안에 손님들이 많다. 이 정도면 괜찮은 곳이겠구나 싶어 안쪽으로 들어가 음식을 기다렸다. 먼저 전복죽이 나온다. 내장을 많이 넣어서인지 내장 맛이 진하다. 다음은 대게 라면이다. TV 프로그램중 '어쩌다 사장 2'에서 맛있게 먹는 것을 보고, 먹어 보고 싶었는데 차림표에 있기에 주문한 거였다. 게랑 조개 종류가 푸짐했다. 역시 바닷가라는 생각이 든다. 해물을 먼저 맛있게 먹었다. 다음으로 라면을 먹을 차례이다. 면이 살짝 안 익었다. 국물도 맵다. 매운걸 잘 못 먹는 나는 맛만 보고 남겨야 했다. 대게 라면의 궁금증을 해소하고 다시 숙소로 향했다. 온 만큼 되돌아가야 하는데도 아침 바다가 좋은 세포들을 깨어나게 해 힘이

들지 않았다.

다음 여정으로, 지인이 추천해 준 벚꽃과 유채꽃이 예쁘게 어우러진 녹산로로 갔다. 한 시간 정도 지났을까 길섶에 차들이 즐비하다. 여기인가 보다. 우리도 이 틈에 살짝 끼어 본다. 어린아이도 찰칵, 젊은이도 찰칵, 중년도, 노인도 찰칵찰칵. 많은 이들이 나름대로 봄을 즐기고 있다. 그들이 한 폭의 수채화로 펼쳐진다.

예까지 왔으니 저 멀리 도로 반대편의 풍차를 보겠다며 나섰다. 출발한 지 5분도 채 되지 않아 우리는 멈춰야 했다. 들어서는 입구부터 심상치 않다. 입구 저 너머로 펼쳐지는 광경은 조금 전과는 완전히 다른 그림이다. 온통 샛노랗다. 유채꽃이 지평선을 이루고 있다. 그 속을 걸어 들어갔다. 걷고 또 걷고, 눈에도 담고 사진에도 담는다. 길 반대편에서 라이더들이 잠깐의 휴식을 취하고 있다. 아니 꽃에 취하고 있는 건지도 모른다.

오늘 나는 자연이 내게 허락해 준 봄 선물에 취하는 중이다. 마음속으로 노랗게 꽃물이 든다. 이런 선물을 언제까지 받을 수 있을까. 어린아이처럼 계속 받기를 바라는 마음이 아지랑이 일듯 꼬물꼬물 올라온다.

두리안 커피

큰아이가 오랜만에 휴가를 얻어 작은아이와 동남아 쪽으로 자유여행을 간다고 한다. 동남아 쪽은 처음이어서 여행사를 통해 갔으면 하는 바람이었다.

어미의 걱정을 아는지 모르는지 저녁 비행기로 출발하여 자정이 지나서야 목적지 공항에 도착, 새벽 3시에 이르러서야 호텔에 닿았다는 소식을 카톡으로 받았다. 얄궂게도 나의 생체리듬은 깨어져 그 시간부터 새벽녘이 되도록 계속 뒤척이다 겨우 한 시간 정도 깜박 잠을 이루고 아침을 맞이했다.

서둘러 남편의 아침을 챙겨주고 출근했다. 잠을 못 잔 탓인지 눈꺼풀이 무겁다. 달달한 커피가 당긴다. 설탕 듬뿍 들어간 커피 한 잔을 들고 창문 너머 바깥 풍경을 본다. 저 멀리 보이는 자동차들이 장난감처럼 줄지어 가는 모습이 여유로워 보인다. 작년 가을, 가지치기한 나무는 곁가지를 내어 자기의 세를 키우고 있다.

'우리 딸들도 새 가지로 좀 더 야물고 단단해져 돌아오겠지!'

잠깐의 여유를 즐기는가 싶었는데 며칠이 금방 지나갔다. 여행을 마치고 돌아오는 두 아이의 가방이 묵직하다. 큰아이가 이번 여행지에서 엄마의 선물로 커피를 사 오겠다고 했었다. 커피 마시는 것으로 하루를 시작하는 엄마에 대한 배려이다.

그 나라의 특산품인 커피 종류도 수십 가지가 될 터, 그중 두리안 커피를 사게 됐나 보다. 말레이시아어로 '두리는 가시를 안은 과일'을 뜻한다. 커피에 과일 향을 첨가했으니 얼마나 달콤한 향이 날까? 두리안이라는 과일을 먹어 보지 못한 상태에서 기대하고 봉지를 열었다. 부 욱, 뜯는 순간 이상한 냄새를 뿜으며 가루들이 컵 안으로 쏟아지기 시작한다. 스멀스멀 피어오르는 향을 참을 수가 없다. "으윽" 양파 썩은 냄새다. 딸아이가 사 온 성의를 봐서라도 맛은 봐야 했다. 얘를 어떻게 마셔야 하나 싶어 인터넷을 검색했다. 코를 막고 마시면 괜찮다고 하여 코를 막고 시도해 봤다. 냄새에 민감한 나는 목 넘김이 안 되었다. 사향 똥 커피도 마시는데 두리안이라는 이름이 얼마나 이쁜가? 그래도 과일인데 했다가 예상 밖의 향기를 맡은 것이다. 커피는 향으로 먹는 건데….

두리안은 천국의 맛과 지옥의 냄새를 가진 과일이라 하여 천상의 열매라 한다. 냄새만 맡으면 먹을 수 없을 것 같지만 달콤한 맛이 매력적인 과일이다. 지독한 냄새 때문에 호텔 등 공공장소에 가지고 갈 수는 없는 반면 중국에서는 부의 상징, 귀한 선물이라하여 인기를 끌고 있다고 한다. 호불호가 큰 과일이다.

딸아이에게 "이건 양파즙을 먹는 사람은 먹을 수 있을 거야" 라고 위로 아닌 위로만 늘어놓았다. 그렇게 두리안 커피는 식탁 한쪽에 자리를 잡고는 먼지를 뿌옇게 뒤집어쓰고 휴지통으로 들어갔다.

딸아이가 이 커피를 학원 선생님들한테 선물했다가 "샘이 우리를 싫어하는 줄 알았어요."라는 말을 들었다고 한다. 딸의 친구들 역시 맛이 이상해서 다 버렸다고 한다. 커피를 잘 마시지는 않는 큰아이가 나름 신경 써서 사 온 선물인데, 비호감으로 모두 버려지고 말았다.

실망이 큰 딸에게 그래도 작은 위로가 될까 해서 한마디 했다. "나라마다 독특한 특색이 있고 사람마다 취향이 다르다는 것을 확실히 알 수 있었잖아" 그리고 선물이란 받는 사람 관점에서 좋은 것이 진정 좋은 선물이 아닐까?

여름나기

일요일 아침이다. 알람이 울리기 전에 따뜻한 햇볕이 먼저 잠을 깨운다. 일찍 일어난 덕분에 시간이 많이 생겼다. 집 안을 한 바퀴 돌아본다. 난로가 거실 한 귀퉁이에 버티고 있다. 오늘은 정리해야 할 것 같다. 집안 곳곳을 돌아다니며 정리를 시작했다. 아침인데도 땀이 비 오듯 흐른다. 그러던 참에 지인으로부터 바람 쐬러 가자는 메시지가 온다. 난 바로 그러겠다고 답장을 보냈다. 재빨리 땀을 닦고 눈썹을 그렸다. '아뿔싸' 입고 나갈 옷이 없다. 부지런 떤다고 세탁기에 옷을 다 넣어 버린 것이다. 급하게 말려 살짝 덜 마른 옷을 입고 집을 나섰다. 특별한 계획 없이 무작정 나선 발걸음이 묘한 설렘을 준다. 차창 밖으로 보이는 진녹색의 나무들도 잘 다녀오라고 손을 흔들어 주고 있는 듯하다.

다른 지인과 함께 고속도로를 달려 한적한 시골 마을에 있는 농장에 도착했다. 유기농법으로 생산한 먹거리로 운영된다고 한다. 쌈 채소며 가마솥 밥, 순두부 등 순수한 자연으로 배를 채우는 중이다. 밀짚모자를 쓴 아저씨가 여기는 에너지 및 농자재 사용을 최소화하여 저탄소 농산물을 생산하는 농장이라고 설명을 해준다. 이 양반이 주인인 모양이다. 내 몸을 위한 건강식을 먹으니 금방 가뿐해진 느낌이다. 다음은 분위기 좋은 찻집을 찾아 나섰다. 밥을 먹으며 미리 찻집을 물색해 놓은 상태다. 가는 차 안에서 이런저런 이야기를 나누는 사이에 찻집에 도착했다. 들어가는 입구에는 한옥 펜션과 잔디밭이 펼쳐져 있다. 실내로 들어가 자리를 잡고 앉았다. 연인보다는 아이들과 함께 온 가족들이 많다. 무심코 창밖을 보니 300day라고 쓰여 있는 큰 풍선이 보인다.

"300day? 백일도 아니고 300day는 뭐지?" 호기심이 일어 주위를 찬찬히 살펴봤다. 풍선 앞에 남자아이가 말끔하게 차려입고 앉아 있다. 그 옆에 엄마 아빠로 보이는 이도 옷 색깔을 맞춰 입었다. 아이의 탄생 300일을 맞아 기념 촬영을 왔나 보다. 웨딩, 리마인드 웨딩 등 촬영을 많이 하러 오기도 한단다. 나는 아이를 한참 동안 바라보았다. 미소가 입가에 절로 번진다. 귀엽다. 이쁘다. 부모는 더위는 아랑곳하지 않고 아이를 카메라에 담기 바쁘다. 평범한 일상에 의미를 부여하여 지금, 이 순간을 추억으로 남기고 싶은 걸 거다.

차를 마시고 한옥 펜션 주변을 산책했다. 잔디밭 위에서 아이들이 뛰어다닌다. 제 키만 한 잠자리채를 들고 잠자리를 잡으려 이리 뛰고 저리 뛴다. 아이 자체가 잠자리가 되어 날고 있다. 한 폭의 풍경화다.

나무 그늘 밑에 의자가 보인다. 셋이 같이 쪼르르 누웠다. 눈을 감고 있으려니 30도가 넘는 날인데 덥지도 않다. 바람이 딱 좋다. 바람을 맞고 있으려니 내 어릴 적 여름방학 기억을 실어 온다. 방학이면 더위를 피해서 할머니댁 옆 동산에 가곤 했다. 그곳에는 플라타너스 두 그루가 있었다. 오빠들이 나무에 그네를 매주어서 그네도 타고 시원한 바람을 맞곤 했다. 지금 내 얼굴을 간질이는 바람이 그때의 바람결과 닮았다. 나뭇잎 사이로 쏟아지는 햇살도, 나뭇잎들이 바람에 부딪히며 내는 소리도 생생하다. 오가는 길은 땀범벅이지만 가끔은 이렇게 일상을 훌훌 털어내며 낯선 곳에서 자연풍광 속에 빠져 쉼을 가져보는 것도 나쁘지 않다. 쉼이 곧 활력소임이 와 닿는다.

호캉스

올여름은 너무 길고 더워서 쉬 끝날 것 같지 않았다. 그래도 사람들은 우스갯소리로 '석 달만 지나고 봐, 눈이 내릴 거야'했다. 맞다. 자연의 시계는 어김없다. 여름이 지나고 이제는 아침저녁으로 선선하다. 여름이 있었나 싶을 정도로 기온이 차다.

여름에는 휴가 날짜가 맞지 않아 10월 초에 두 아이와 제주 가을 바다를 보러 가기로 한 터였다. 7월부터 제주 왕복 비행기표를 알아봤다. 징검다리 연휴라 그런지 제주도로 내려가는 표는 시간대별로 많은데 청주로 올라오는 표가 원하는 시간이 아니다. 그러다 김포공항 쪽으로 알아봤다. 원하는 시간대의 표는 많은데 이동 거리가 만만치 않다. 이대로 제주도는 포기해야 하나 싶었다. 그래도 여행은 포기할 수 없어 2시간 거리의 바다가 보이는 곳을 염두에 두고 고민하고 있었는데, 큰아이가

"엄마 호캉스 갈까?" 한다.

"그거 좋겠다. 우리도 호캉스 가볼까?"

호캉스는 호텔과 바캉스의 합성어로 호텔에서 바캉스를 보내는 것을 지칭한다. 호텔 내부와 주변에 부대 시설이 모두 갖춰져 있어서 많이 움직이지 않고 휴식을 취할 수 있다는 장점이 있다. 휴가 때 바쁜 일정을 소화한 후 후유증을 겪는 것을 선호하지 않은 사람들이 증가하며 새로운 휴식 방법으로 떠오르고 있다고 한다.

우리는 가격대도 먹거리도 숙식도, 많은 이들이 좋다고 표현한 호텔로 정했다. 드디어 예약을 마쳤다. 가을 달빛 아래 호텔 옥상에서 딸들과 와인 한 잔 곁들이는 나를 상상 한다.

서울 지리에 익숙하지 않은 우리는 버스를 타고 가기로 했다. 남산타워에 올라 서울 시내를 한 바퀴 돌아보고 호텔에 도착했다. 저녁 시간까지는 잠깐의 텀이 있어 옷을 갈아입지도 않은 채 방안 이곳저곳을 구경 하고 창밖으로 보이는 남산도 보며 여유를 갖는다. 방에서 잠깐의 휴식을 취하며, 오길 잘했다는 생각을 했다. 딸들과 이야기를 나누다 보니 저녁 먹을 시간이 되어 방을 나섰다.

큰아이가 미리 저녁을 예약해 둔 터라 시간 맞추어 호텔 식당으로 내려갔다. 자리를 안내받아 앉으니 주위에는 어린 자녀들과 같이 온 부모와 연인들이 눈에 많이 띈다. 울 딸들도 다음에 남자 친구랑 왔으면 좋겠다. 이곳에는 뭐가 맛있는지 리뷰를 보고 온 터라 양갈비를 먼저, 그다음 대게 몇 개만 가져다 먹었다. 세 모녀가 먹성이 좋으면 많이 먹었겠지만, 입이 짧다. 몇 번을 왔다 갔다 하면서 나름대로 양껏 먹고는 달빛 옥상이 기다리는 루프톱으로 올라갔다.

10월 초 날씨치고는 서늘하다. 와인으로 몸을 녹이며 달을 찾았지만 서울의 달은 보이지 않는다. 푹신한 의자에 서로 붙어서 앉아 불멍으로 대신했다.

내일은 한복을 곱게 차려입고 경복궁에 갈 생각이다. 그곳에서의 여행은 어떻게 펼쳐질지 그려보며 피곤한 몸을 누인다.

해포 이웃

대국민 휴가철인 7월 말 월요일이다. 퇴근 후 집안에 들어서니 식탁 위에 수저 3세트만이 덩그러니 올려져 있고 아무것도 없다. 작은아이가 저녁을 차리나 싶었는데 마냥 앉아서 기다리고만 있다.

곧이어 현관 벨이 울린다. 내 퇴근 시간에 맞추어 음식을 주문한 것이다. 삼겹살과 오리바비큐다. 정갈하게 담긴 것이 깔끔하면서도 푸짐해 보인다. 새로 개업한 곳인가 보다. 삼겹살 한 점 집어서 오물거린다. 느끼하지 않고 담백하다. 이런 안주에 술이 빠지면 안 될 것 같아 소주를 꺼내왔다.

작은아이가 "엄마, 오늘 요가 안가" 한다. 요가 보다는 오늘 저녁을 위해 애써준 이 시간을 포기하기 싫었다. 남편과 한 잔 주거니 받거니 하며 먹고 있는데 안방에서 전화벨이 울린다. 이어서 남편이 흔쾌한 소리로 “가야지” 하는 소리가 들린다. 대구에서 직장 생활하는 지인으로부터 이번 주 토요일에 놀러 오라는 전화다.

애초 계획은 금요일 저녁 퇴근하면서 우리, 여자들 몇 명만이 대구로 출발하는 것이었으나 남편들의 동반으로 일정이 토요일로 바뀌었다. 이번은 아이들을 뺀 부부들만의 여행이다. 세 집이 모여 가는데 서로 불편한 기색이 없다. 오랫동안 스스럼없이 지내온 덕분이다.

우리는 목적지 숙소에 도착했다. 안에 들어서는 순간, 다른 이들의 블로그에서 본 뷰와 똑같다. 하얀색으로 꾸며진 방, 그 옆에는 바다 배경의 실내 수영장이다. 거실 가운데 위치한 욕조, 천장부터 바닥까지 사진 맛집이라 할 만하다. 숙소 자체가 너무 예뻐서 그냥 가만있기만 해도 힐링이 되는 듯하다.

창 너머로 바다가 가까이 보인다. 모두 무언가에 홀리듯 짐도 풀지 않고 바다로 향했다. 누가 뭐라 할 것도 없이 바다로 뛰어드는 50대 후반의 남편들은 초등학생처럼 물놀이를 한다. 우리도 같이 어린아이가 된다.

잠깐의 바다 수영을 하고 해거름이 돼서야 숙소에 딸린 2층 옥상의 수영장으로 자리를 옮겼다. 평소 차가운 물에 들어가지

못하는 나는 미온수라는 말에 발을 먼저 담갔다. 따뜻하다. 날이 더워서인지 물 온도가 맞아서인지 들어가 볼 만했다. 처음으로 수영장에 들어갔다. 붕붕 뜨는 느낌이 싫지 않다. 난간을 잡고 발장구를 쳐본다. 수영하고 싶은 욕심이 생긴다. 남편들은 다이빙을 한다며 첨벙, 첨벙, 물보라를 일으키지만, 생각보다 자세가 안 나온다. 멋쩍었는지 전만 못하다고 너스레를 떨기도 한다. 사진도 찍고 동영상까지, 어른이 소년들이 되어 저마다의 색으로 오늘을 보내고 있다.

다음날이다. 남편과 나는 가까이 보이는 등대까지 산책길을 나섰다. 이 얘기 저 얘기 사소한 이야기를 나누며 속길을 따라 동네 한 바퀴를 돌았다. 바닷가라서 그런지 새벽바람이 더 시원하게 느껴진다.

산책에서 돌아와 보니 한 커플은 잠이 부족한지 다시 꿈나라로, 한 집은 마실 나갈 채비를 한다. 나는 물을 좋아하는 남편을 따라 옥상 풀장으로 올라갔다. 어제의 부산함은 없고 조용하다. 튜브 위에서 물 따라 몸이 둥둥 떠간다. 누워서 하늘을 본다. 하얀 구름이 두둥실, 나는 물 위에 두둥실 떠 있다.

이번 여행에 함께하는 부부들은 20여 년 전 큰아이 초등학교 1학년 때부터 만나온 사이다. 아이들과 함께 냇가에 텐트를 치고 놀기도 하고, 같이 맛조개도 잡으러 다니기도 하였다. 가끔 모여 술 한잔하며 이제까지 연을 맺고 있다. 서로의 배려가 없었으면 이어오지 못했을 인연이다. 해포 이웃이다. 이들이 있어 잘 살았다 싶다. 파란 하늘에 떠 있는 구름이 하얗게 웃고 있다.

지금 아니면 언제

2학기 시간표가 나왔다. 꼭 들어야 하는 과목이 있는데 시간 배정이 안 맞는다. 머릿속이 혼란스럽다. 아동들이 교실에 입실했는데 집중도 안 되고 고민하다가 결정을 내렸다.

수강 신청을 위해 핸드폰 상태를 확인했다. 잘 안 눌러진다. 전원을 껐다 다시 켰다. 조금 빨리 되는 듯하다. 틈틈이 아이들 수학 문제 검사도 해주고 알람 소리에 책상으로 다가갔다. 데이터를 켜놓고 미리 들어가 보니 열리지 않는다. 30분 땅, 지금이다. 이름 쓰고 전화번호 입력하고 수강할 과목을 선택했다. 맞게 했는지 다시 확인하고 누가 먼저 누를세라 제출하기를 눌렀다. 수강 신청이 완료되었다. 안도의 숨을 내쉬며 자리를 옮겼다. 오늘따라 아이들은 조용히 문제 풀기에 집중하고 있다.

몇 년 전부터 지인이 문헌정보학과에 같이 다니자고 여러 번 청해 왔었다. 늦은 나이에 공부하기는 싫어, 한 귀로만 듣고 흘려보냈는데 이번에는 내 마음이 동하였다. 다른 업종으로 이직해 볼까 하는 마음에서다.

첫날이다. 이른 아침밥을 대충 욱여넣고 지인과 함께 천안으로 출발했다. 일요일 아침이어서 그런지 예상 시간보다 일찍 도착하였다. 옆 강의실은 수업이 한참 진행 중이다. 지정된 강의실로 들어가니 많은 사람이 앉아 있다. 그중에는 서로 아는 사이인지 말들을 이어간다. 우리는 중간쯤 자리를 잡았다.

나중에 들은 이야기로는 현직 교사이면서 사서 교사를 목표로 하는 이, 도서실에 근무하면서 자격증이 필요한 사람, 공부가 좋아서, 공부가 취미인 사람, 나처럼 이직을 꿈꾸는 사람 등 다양한 직업군이 모였다.

첫 시간이다. 머리를 단정히 빗어 올린 40대 후반의 건강한 교수가 들어 온다. 책이 좋아 도서관을 방문하여 빌리거나 읽기만 했었지, 그 안의 실무 내용은 처음 접해본다. 낯설기만 하다. 괜히 시작했나 싶을 정도로 머리에서 쥐가 난다. 당최 무슨 소리인지 한국말이긴 하나 처음 듣는 단어이고 용어다. 서지, 전거제어가 무엇이고 메타데이터가 무엇이라는 건지 도통 모르겠다. 순간 우리 돌봄 아동들이 떠오르면서 헛웃음이 나온다. 총체적 난국이다.

시험 기간에 공부한다고는 하나 뒷부분을 외우면 앞부분이 생각이 나질 않고 이 과목은 2~3번 더 들어야겠다며 너스레를 떨었다. 다니다 보니 기말시험까지 끝났다. 시험이 끝나자마자 계절 학기 신청하는 이, 이번 학기가 마지막이라며 홀가분해 하는 이, 나처럼 처음 시작이어서 내년 학기까지 학업을 이어가야 하는 이도 있었다.

'성적이 안 나오면 포기해야지' 하는 사이에 성적조회 가능하다는 메시지가 뜬다. 계속 다녀야 할지 말지를 결정하여야 하는 순간이 온 것이다. 빠른 속도로 사이트에 들어갔다. 세 과목 중 과락 날 것 같던 과목을 먼저 클릭했다. 역시나 점수는 형편이 없었다. 다행인지 불행인지 과락은 아니다. 생각이 많아졌다. 지금 아니면 공부를 계속할 기회가 없을 것 같아서이다.

공부를 시작하고 아동들을 다시 보게 되었다. 오늘도 초롱초롱한 눈망울로 나를 바라본다. 눈을 마주친 아동이 물어온다. 무엇이 문제인지 찬찬히 살펴본다. 일의 자리를 먼저 계산해야 하는데 무조건 10을 먼저 빌려주고 문제를 풀었나 보다. 먼저 7에서 2를 뺄 수 있을까, 없을까를 물었다. 있다고 대답

한다. 그럼 10의 자리에서 안 빌려와도 되겠네, 그제야 이해가 된 듯 '네'하고 대답한다.

지금, 이 아이들도 나와 같은 심정이지 싶다. 조금 더 기다려 주는 여유가 생겼다.

2023학년도 2학기 문헌정보학 전공
학습자 모집 안내

2023학년도 2학기 문헌정보학 전공 학습자 모집을 아래와 같이 안내합니다.

1. 2023학년도 2학기 문헌정보학 시간표

교시시간	문헌정보학전공			
전공명	토		일	
1교시 (08:30-09:20)	자료선택구성론(1) (전필)			서지학개론(1) (전필)
2교시 (09:25-10:15)				
3교시 (10:20-11:10)				
4교시 (11:15-12:05)	문헌정보학개론(1) (전필)	자료선택구성론(2) (전필)	대학도서관운영론 (전선)	문헌정보학개론(2) (전필)
5교시 (12:10-13:00)				
6교시 (13:05-13:55)				
7교시 (14:30-15:20)	자료이용법 (전선)	멀티미디어정보론 (전선)	서지학개론(2) (전필)	자료선택구성론(3) (전필)
8교시 (15:25-16:15)				
9교시 (16:20-17:10)				
10교시 (17:15-18:05)		정보조직론(분류론) (전필)		정보조직론(목록론) (전필)
11교시 (18:10-19:00)				
12교시 (19:05-19:55)				
13교시 (20:00-20:50)				

* 과목 옆 숫자는 분반 과목이므로 수강신청이 중복되지 않도록 유의하시기 바랍니다.

3. 모집정원 및 학습기간: 과목 별 40명, 2023.09.01. ~ 12.21. 기간 중 토·일 주말수업

4. 학습비
   가. 3시수 과목: 240,000원
   나. 4시수 과목: 320,000원

5. 수강신청 기간
   가. 기존학습자: 2023.07.12.(수) 13:30 – 2023.07.17.(월) 12:00까지
   나. 신규학습자: 2023.07.18.(화) 10:00 – 2023.08.23.(목)
   * 기존학습자 수강신청 후 신규학습자 수강신청이 진행 될 예정입니다.
   * 기존학습자는 2023학년도 1학기, 하계계절학기 중 나사렛대학교 평생교육원에서 문헌정보학 전공과목을 수강한 이력이 있는 학습자입니다.
   위 기간 동안 수강 이력이 없을 경우 신규학습자이며 신규학습자 수강신청 기간에 진행해주시기 바

학부모 대기실

가을볕이 따뜻하다. 나들이 가기에 좋은 날이다. 출석 수업이 있어 학교로 향했다. 학교에 도착하니 정문 앞에서부터 스텝이라는 표찰을 두르고 차량 안내를 한다. 학교 행사가 있나 싶어 조심스레 들어갔다. 저 멀리 현관 앞에 학부모 대기실이라고 쓰인 배너가 보인다. 건물 안으로 들어가니 이곳저곳에 띄엄띄엄 가족끼리 앉아 있다. 말소리를 낮췄다. 엘리베이터는 수험생만 이용하라는 문구에 잠깐 망설였지만, 손은 벌써 누름 버튼을 누르고 있다. 우리가 공부하고 있는 건물의 6층에 실용음악과의 실기가 있다고 들었다. 교실 문을 살살 여닫고 화장실 이용할 때도 조용조용 발걸음을 내디뎠다.

점심시간이다. 학교를 가로질러 후문 쪽으로 나갔다. 평소엔 초등생 몇 명이 삼삼오오 모여 축구하던 공간이다. 그런데 오늘은 대학생 정도로 보이는 학생과 어른들이 무리 지어 곳곳에서 연습한다. 도복에 새겨진 태권도장 표식은 녹색 테이프로 가렸다. 순간 촬영인가 싶어 방송용 차량을 찾아보았지만 없다. 대회인가? 우리 딸들도 겨루기, 품새, 시범단 등의 경험이 있어 그 긴장감을 알기에 예사로 보이지 않는다.

내가 살고 있는 진천에는 김유신 탄생지 인근에 '화랑무예 태권도 성지'가 자리 잡고 있다. 화랑과 태권도가 어떤 연관이 있을까 싶은데 태권도의 본래 바탕이 화랑정신이라고 한다. 그래서일까 화랑정신이 깃들어 있는 진천에는 화랑무예 태권도 성지를 비롯해 화랑공원, 태권도박물관이 자리 잡고 있었다. 태권도 공원 유치가 치열했던 2004년 진천은 전국 어디에도 없었던 태권도박물관을 선점한다는 취지로 만들었다. 그러나 규모와 관련 자료가 부실해 박물관의 역할을 제대로 못 하는 상태가 계속되었고, 태권도 공원 유치 실패와 화랑 문화 전시관 건립이 취소 되었다.

점심을 먹고 돌아오는 길이다. 운동장에는 사람들이 빠져나가 한산하다. 그런데 맨발로 무언가를 들고 바삐 지나가는 학생이 있다. '어제 잘 챙겨 놨었는데'라는 말이 들려온다. 이 그룹도 실기 팀이다. 무엇을 빠뜨렸나 걱정되어 그 학생이 건물로 들어갈 때까지 눈으로 좇아갔다. 가을볕을 온전히 즐기지 못하고 대학입시를 위해 노력하는 모습이 대견하면서도 무슨 말을 해줘야 될지 그저 바라만 볼 뿐이다.

10년 전 이맘때쯤이었다. 주중에는 시간이 안 되어 주말에만 큰아이의 수시 실기를 위하여 천안으로 광주로 다니던 때다. 오늘같이 맑은 가을 날이었다. 운전이 미숙하여 목적지 주변을 돌고 돌아야 겨우 도착할 수 있었다. 가까스로 딸아이를 교실 안으로 들여보내고, 내 시간을 가졌다. 볕 잘 드는 곳에 앉아 책을 읽으면서 딸아이가 이 학교에 합격했으면 좋겠다고 생각했다. 그때의 일이 바로 어제 일처럼 선명하다.

학부모 대기실에 앉아 있던 부모들도 10년 전 나와 같은 마음이었지 싶다. 대한민국의 수험생과 학부모 모두에게 응원을 보낸다.

나에게 온 너

중간고사가 끝났다. 예상한 점수가 나올 것 같아 한결 가벼워진 마음으로 학교로 가는 길이다. 창밖의 은행나무가 노랗게 물들면 예쁘겠다며 지난번에 교수가 추천해 준 아산 은행나무길을 점심시간에 가자고 같이 다니는 지인과 의견을 모았다.

오전수업은 일찍 끝났다. 다음 수업까지는 2시간 30분이 여유가 있어 수강생들이 무리를 이루어 은행나무길로 나섰다.

15분 정도를 달려 목적지에 도착하니 인근 주차장은 사람들로 꽉 찼으나, 은행나무는 우리가 원하는 볼거리를 제공해 주지 않는다. 일주일 뒤에나 노란색으로 물든 잎을 볼 수 있을 것 같다. 차를 돌려나오면서 드라이브로 대신 아쉬운 마음을 달랬다. 오후 수업을 들으려면 배를 채워야 한다. 가는 길에 우연히 들른 곳이 지중해 마을이다. 식당을 먼저 정해놓고 밥 나오기 전에 잠깐 주변을 둘러 보았다. 연인끼리 동무끼리 삼삼 오오 지나간다. 거기에 우리 일행도 끼어 있다.

시간이 되어 식당 안으로 들어갔다. 밥을 먹고 다음 수업의 과제를 위한 토론 아닌 설명을 들으며 서로의 역할을 분담 하고 의견을 나눴다. 마음만 바빴던 1학기에 비해 조금의 여유가 생겨 학교 주변을 둘러 보았다.

토요일에 보지 못한 은행나무의 여운을 달래주듯 학교 운동장에 자리한 나무는 샛노랗게 물들어 우릴 반긴다. 나무 아래 떨어진 잎은 크기가 일정하지 않다. 작은놈, 중간 놈, 큰 놈 무슨 사연을 담고 있을까. 사연이야 어찌 되었든 은행잎이 하늘을 향해 흩날릴 때 나는 어린아이가 된다.

몇몇 선생님들과 가을을 담아안고 교실로 들어와 아동 맞을 준비를 했다. 무심히 조끼 주머니에 손을 넣었다. 손끝에 무언

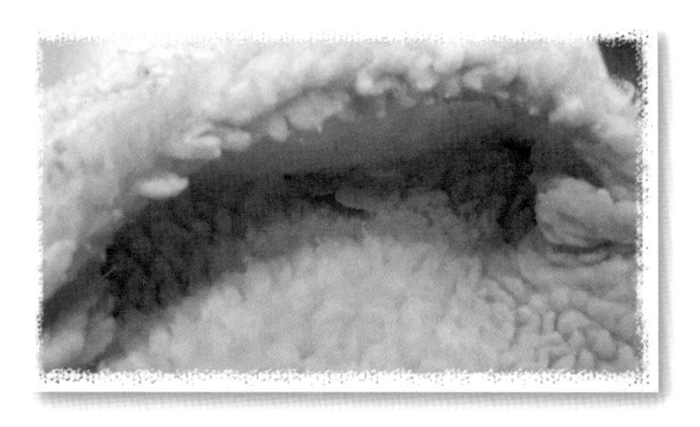

가 잡힌다. 작고 앙증맞은 은행잎 하나가 무리에서 떨어져 나에게 왔다. 너무 작아 피식 웃음이 난다. 어찌하여 주머니에 들어가 있는 건지 모르겠지만 이것도 인연이다 싶어 요놈이 생채기가 날까 조심스레 책갈피에 끼워 넣었다.

작고 여린 은행잎을 보니 돌봄 교실의 현정이가 생각났다. 그 아이는 부모의 이혼으로 1학년 입학 무렵에 친척 집에 맡겨졌다. 2020년 코로나가 시작될 무렵, 학교의 등교 중지로 입학식도 못 하고 긴급 돌봄으로 오게 되었다. 자기는 수원에 있는 유치원을 나왔으며, 유치원에서는 이렇게 저렇게 했다고 종알거렸다. 형과 누나들 사이에서 똘망똘망 이야기도 잘하고 잘 웃는 아이였다. 전교 회장감이 될 만큼 영특했다.

처음엔 1~2년만 맡겨질 줄 알았던 아이는 5학년이 되도록 조모와 같이 기거하고 있다. 학교 복도나 하굣길에서 그 아이를 만나면 반갑게 인사하고 행동 하나하나를 유심히 관찰했다. 초등학교 입학 무렵 나에게 온 작은아이가 잘 자란 것 같아 내심 뿌듯했다. 현정이가 사회의 한 구성원으로서 꼭 필요한 아이로 잘 자라주었으면 하는 바람을 타고 노오란 은행잎 하나가 발치에 와 머문다.

c h a p t e r _ 4

봄

기억

봄

호두

로또(땡이)

내 반쪽

라떼 한 잔

퍼즐 맞추기

그 아이를 처음 만난 날이다.

어리고 시커먼 강아지가 한 발은 제 다리보다

두꺼운 붕대를 감고 절룩거리면서도

어찌나 앙칼지게 짖던지 속으로 살짝 긴장했다.

이 작고 여린 아이를 데려가서

잘 키울 수 있을까.

살림살이를 챙기고 마지막으로

봄이를 이동 가방에 넣을 때 그 눈망울이 잊히지 않는다.

전 주인한테 '엄마, 나 다른 데 보내지 마!' 하고

애원하는 눈빛이었다.

–본문 중에서

기억

엘리베이터 올라오는 소리에 눈치 빠른 강아지 한 마리가 꼬리를 흔들며 현관문 앞에 먼저 선다. 그 뒤에 나머지 두 마리도 짖기 시작한다. 현관문이 열리자 세 마리가 꼬리를 엉덩이까지 실룩거리며 흔들고, 킁킁킁 들어오는 딸아이를 반겨준다. 학교 다니며 피곤할 터인데 강아지를 보러 내려온다는 것이다. 강아지들도 그 마음을 아는지 더 열렬히 환영 인사를 해준다.

우리 집에는 강아지가 세 마리 있다. 한 마리는 5년 전 지인으로부터 분양받은 녀석이고 그중 두 마리는 큰아이가 대학교에 가면서 집을 떠나갈 무렵 태어난 강아지다. 암컷은 호두처럼 똑똑한 아이가 되라고 호두, 수컷은 우리집에 좋은 기운을 줄 것 같아서 로또라고 부른다. 어쩌다 한 번 보는 딸을 주인 대접 안 해주면 어쩌나 했는데 다행히 이 녀석들은 큰아이를 우리

집 식구로, 주인으로 기억하는 것 같다.

로또가 어린 강아지일 때였다. 남편이 약간의 반주를 하고 온 날, 아무 데나 오줌을 싸 놓았다고 혼쭐을 낸 적이 있다. 그 뒤부터는 유독 남편의 눈치를 보는 것 같다 남편이 집에 늦게 들어올 때면 잠시만 반겨 줄 뿐 슬금슬금 자기 집으로 피한다. 좋아하는 간식으로 유혹해도 집에서 나오질 않는다. 강아지도 어릴 적 좋지 않은 기억은 오래도록 남아 있는 모양이다.

호두는 태어날 때부터 꼬리가 아홉 개 달린 여우라 할 정도로 제 앞가림을 잘했다. 대소변 가리는 걸 가르쳐 주지도 않았는데 배변판 위에서 잘 쌌다. 더구나 식구 네 명을 번갈아 가며 꼬리를 흔들고 뽀뽀하며 안아달라고 한다. 출근할 때 입는 옷인지, 산책용 옷인지도 구분하는 것 같다. 출근용 옷을 입으면 가볍게 주인의 주위를 맴도는데 산책용 옷을 입으면 신발장 앞에 걸린 리드줄 앞에서 기다리고 있다가 주인보다 먼저 나선다.

어미 개 봄이는 강아지 두 마리가 내 옆에 있으면 제 새끼인 것을 아는 것인지 내 근처에 오다가도 슬그머니 다른 곳으로 가 버린다. 제 딴에는 어미라서 양보하는 것 같다.

"봄아, 이리 와" 손짓하여 부르면 그제야 꼬리를 엉덩이까지 흔들며 몸은 반쯤 S자로 꼬면서 나에게 온다. 난 새끼들을 살짝 밀치고 어미가 오는 길을 터준다. 내 품에 와서는 아기가 된다.

무슨 말을 하고 싶은지, '끄으응 끄으응' 거린다. 그러면 나는 아기 대하듯 "왜에?", "으응!", "누가 그랬어?" 정도로 대꾸해 줄 뿐이다, 그들의 언어를 들을 수 없으니 사랑하지만, 소통이 덜 되는 것이다. 강아지 언어번역기라는 것이 생겼으면 좋겠다.

나는 이 친구들에게 무엇을 해주었을까? 요 녀석들은 나를 어떻게 기억하고 있을까?

봄

언제나 따뜻한 '봄'이라는 이름을 가진 미니핀 강아지가 있다. 4년 전 지인이 회사 근처로 이사를 왔다. 이사하기 전 집에서는 강아지가 한 마리가 죽었고, 이사 와서는 강아지 다리가 부러지는 사고가 있었다고 한다. 지인은 혹여나 더 큰 탈이 날까 봐 강아지 분양을 나에게 문의했다. 강아지가 몇 개월인지 무슨 종인지 묻지도 않고 무언가에 끌리듯이 무조건 분양을 받았다.

그 아이를 처음 만난 날이다. 어리고 시커먼 강아지가 한 발은 제 다리보다 두꺼운 붕대를 감고 절룩거리면서도 어찌나 앙칼지게 짖던지 속으로 살짝 긴장했다. 이 작고 여린 아이를 데려가서 잘 키울 수 있을까 하고 말이다. 살림살이를 챙기고 마지막으로 봄이를 이동 가방에 넣을 때 그 눈망울이 잊히지 않는다. 전 주인한테 '엄마, 나 다른 데 보내지 마!' 하고 애원하는 눈빛이었다.

이동 가방을 차에 실었다. 혹여나 몸부림치다가 가방이 떨어져 또 다칠까 봐 바닥에 내려놓았다. 집으로 오는 내내 짖는다. "이제 괜찮아"라고 자꾸 말을 걸어줬다. 이 아이도 새 주인에게 적응해야 한다는 것을 몸으로 느끼고 있는 걸까? 소리가 점점 작아진다.

집에 도착하니 작은딸이 벌써 와 있다. 작은 강아지를 품에 꼭 안고 들어가니 "와"하고 기쁨의 탄성을 지른다. 이름이 뭐야 어디서 왔어, 다리는 왜 다쳤어! 묻기에 바쁘다. 이미 우리 집에는 '감자'라는 이름의 하운드가 있었다. 지난겨울 쬐끄만 강아지였는데 몇 달 사이에 초등학교 1학년생 키만큼 컸다. 좁은 아파트에서 뛰다가 부딪히기도 하고 벗어 놓은 양말을 물어뜯어 놓는가 하면, 새로 산 큰아이의 운동화를 밤사이에 물어뜯어 놓고는 무엇이 그리 좋은지 큰아이 앞에서 꼬리를 흔들며 겅중겅중 뛰는 걸 좋아하는 아이이다.

제 몸짓보다 몇 배는 큰 감자를 보고 봄이는 '컹컹'거린다. 지레 겁먹고 먼저 방어하는 것이다. 감자는 큰 꼬리를 살랑살랑하며 어린 강아지를 반겨준다. 먼저 온 자의 여유인가 보다.

봄

간식을 가지고 작은딸이 소파에 앉으니 감자는 오른쪽, 봄이는 왼쪽에 나란히 앉는다. 앞에서 보니 세 자매 같다. 감자는 봄이랑 한 달여 같이 지내다 아파트에서 키우기에는 너무 커서 시골집에 보냈다.

강아지를 좋아하지 않던 남편도 술 마시고 들어오는 날이면 봄이만 찾는다. 처자식은 쳐다보지도 않는데 삼 킬로그램도 안 되는 강아지가 슈렉에서 나오는 고양이처럼 눈을 동그랗게 뜨고 귀는 뒤로 바짝 붙이고 짧은 꼬리를 흔들 때 입이 함박이다. 엉덩이까지 실룩거리는 모습은 강아지를 싫어하는 사람의 마음도 다 녹인다. 그렇게 집안 식구들 귀여움을 독차지했다.

그러다 봄이가 새끼 두 마리를 낳았다. 어미까지 세 마리이다. 시끌벅적 세 마리가 주인의 관심을 원한다. 새끼보다 몸집이 작은 어미는 강아지들한테 밀려 나에게 오다가도 다가오지 못하고 주위에서만 빙빙 돈다. 처음 우리 집에 들어섰을 때의 기세는 다 어디 가고 새끼들한테 치여 맴돌기만 한다. 주인의 사랑을 새끼들한테 양보하는 듯하다.

온종일 밥도 한 끼밖에 안 먹고 밖에 나가자고만 조른다. 기분 전환도 시켜줄 겸 오늘은 봄이만 데리고 둘만의 시간을 가져야겠다. 바람도 느끼고 꽃냄새도 맡고 지나가는 차도 구경하고 맘껏 뛰놀게 해줘야겠다.

호두

"호두야."

우리 집에는 한여름날 부채질하듯 꼬리를 연신 흔들지만 오지 않는 미니어쳐핀셔 종의 적갈색 강아지가 있다. 호두다. 자기 이름을 모르는 것도 아니다. 어쩌다 한 번씩은 온다. 미니어쳐핀셔는 독일에서 쥐잡이를 목적으로 개량한 개의 한 품종이다. 성격은 사기왕성 두려움이 없으며 큰 상대에게도 과감히 맞선다. 집에 침입자가 들어오면 발목을 물어 버릴 수 있다고 한다. 어찌 보면 매서운 면이 있다.

그러나 호두는 산책하러 나가면 눈은 바닥을 향하고 귀는 옆으로 접어 사뿐히 걷는다. 새색시가 걸어오는 듯하다. 사람 옆에서 맴돌다가 가랑이 사이에 줄이 걸리기도 하고 반경 2m를 벗어나질 않는다. 종일 집식구나 제 어미를 쫓아다녀서인지

호두

말 허벅지라고 불러도 될 만큼 허벅지 근육이 딴딴하다.

물건 떨어지는 소리에 놀라고 파리나 모깃소리도 무서워 꼬리를 접고 이리저리 도망을 간다. 겁이 많아서인지 짖는 소리만 요란하다. 제 어미는 호두가 근처에만 와도 싫다고 컹컹댄다.

우리 집에서 첫째로 세상에 나온 아이가 호두다. 이 아이는 뒷다리가 먼저 나와 난산이었다. 어미 개는 제 몸은 돌보지 않고 끙끙거리는 강아지를 품고 핥아준다. 우리는 강아지가 추울까 봐 안 쓰던 난로도 꺼내오고 개집 주변에도 담요를 넓게 더 깔아 놓았다.

어수선한 주위를 정리하고 돌아서니 새벽 4시다. 강아지 한 마리가 개집 밖으로 나와 있다. 눈도 뜨지 못한 놈이 어찌 나왔을까 궁금하면서도 얼른 어미 품에 넣어 주었다. 이 아이는 세상 구경이 하고 싶었는지 거실 바닥으로 자꾸만 나온다. 나는 졸리기도 하고 계속 지켜볼 수가 없어서 강아지 집을 통째로 내 옆으로 옮겨 끌어안고 잠을 청했다.

어미 동물은 새끼를 낳으면 체온으로 온도를 감지해 잘 자랄

수 있는지 도태될 아이인지 구분한다고 한다. 태어나자마자 도태될 아이는 밀쳐낸다는 이야기를 전해 들었다.

호두가 태어난 지 3주 정도 지났을 무렵이다. 뒤뚱뒤뚱 서툰 걸음으로 배변 패드 위를 오르락내리락한다. 제 어미가 하는 것을 따라 하는 것인지 본능적으로 그리하는 것인지 모든 과정에 습득이 빨랐다.

남편이 늦게 귀가하는 날이면 어미 개는 잠깐만 반기는데, 호두는 아기가 엄마 품에 안기듯이 남편에게 착 안겨 붙는다. 오지 말라고 밀면 낮은 포복 자세로 기어서라도 온다. 꼬집거나 장난을 쳐도 으르렁거리는 일이 없다. 속에 부처님이 앉아 있는 모양이다. 가끔 '우리 호두가 최고다'라면서 남편은 다른 강아지들 몰래 간식을 더 주기도 한다.

제 어미를 쓰다듬으면 어느결에 와 제등도 쓰담 해 달라고 엉덩이를 들이민다. 이제는 어미를 밀기까지 한다. 봄이나 다른 개를 부르면 먼저 달려와 안기기도 한다. 안아주면 가만히 있지를 않고 뿌리치듯 빠져나간다. 알다가도 모를 호두의 마음이다. 한배에서 나왔다고는 하나 크기도 색깔도 생김새도 다르다. 이 모든 행동이 호두가 살아가는 방법이지 싶다. 우리네 사는 것도 다르지 않음을 강아지에게서 배운다.

로또(땡이)

"때~앵"

총총걸음으로 물 마시러 가는 녀석을 부른다. 가던 길을 멈추고 짧은 꼬리를 갈지자로 흔들며 나에게 온다. 땡이는 몸무게 5.2kg, 길이 43㎝인 검은색 미니어쳐핀셔종이다. 가슴 속살이 훤히 보인다. 강아지 때부터 가슴털이 없었다. 8년이나 지났지만 아기 솜털처럼 보송보송할 뿐이다. 한겨울 외출 후 얼음장으로 변한 내 손을 땡이 가슴에 넣고 녹일라치면 눈만 끔벅끔벅하면서 자기의 체온을 나에게 나누어 주는 녀석이다.

땡이는 우리 집에서 두 번째로 태어난 강아지다. 봄이의 아들이다. 장시간 집을 비운 적이 있다. 집에 들어서니 휴지통은 엎어져 있고 거실은 엉망이 되었다. 식탁 위의 고구마를 담아 놓았던 접시는 깨끗하다. 땡이의 배가 빵빵하다. 남편이 혼을 냈다. 귀와 꼬리를 쏙 접고는 제집에 들어가 꼼짝을 않는다. 내 자식이 혼나는 것처럼 애가 탄다. 남편이 혼내는 게 싫다. 그런 날 땡이는 안방 화장실 앞에 똥이나 오줌을 싸 놓는다. 서운함을 표현한 것인지 나름의 시위인 것 같다.

퇴근 시간이다. 집 도착 예정 시간이 20여 분이 지났을 즈음 큰아이에게서 전화가 온다. 엄마 빨리 오라고 현관문 앞에서 엘리베이터 소리 날 때마다 땡이가 '끙끙'거리며 기다리고 있다는 것이다.

집에 들어서는 순간 세 마리가 버선발로 나와 반겨야 하는데 두 마리뿐이다. 땡이는 큰아이에게 붙들려 모가지를 쭉 빼고 내 쪽을 바라보며 발버둥을 치고 있다. 잠시 후 벗어나자 겅중겅중 뛰며 온몸으로 기쁨을 표현하고 달려온다. 나는 옷도 갈아입지 않은 채 땡이를 안고 창가로 갔다. 우리는 같은 곳을 바라본다. 고개를 이리저리 기웃기웃 뚫어져라 보더니 나를 흘깃 본다. 다 봤다는 신호다.

저녁 준비를 위해 칼질을 하는데 등 뒤에서 따가운 눈빛을 느꼈다. 먹을 것을 달라는 것이다. 산책할 때도 길섶의 풀 뜯어 먹는 걸 좋아하는 녀석이기에 무나 사과 한 조각, 양배추를 조금씩 주었다. 그러면 '아삭아삭' 씹어 먹는다. 그 소리를 더 듣

로또

고 싶어서 계속 주기도 한다. 가끔 양배추를 크게 떼어 주면 양 발로 잡고 고개를 이리저리 흔들며 먹는 것에 집중한다. 설거지할 때도 나를 바라보는 것인지 지키는 것인지 끝날 때까지 기다린다. 그 보상은 간식이다. 간식 먹는 소리에 다른 놈들도 몰려온다.

어쩌다 간식 주는 걸 잊고 그냥 가면 앉아 있던 자리에서 망부석이 된다. 나 한번, 간식 서랍장 한번, 번갈아 보면서 무언의 눈빛을 보낸다. 밥 먹을 시간이 조금이라도 늦을라치면 농구 선수들이 밀접 마크를 하듯이 쫓아다니며 다리를 핥기도 하고 비비적거린다.

지금도 내 옆에 누워있다. 가슴을 쓰다듬으니, 배를 보인다. 안아서 얼굴을 찬찬히 살펴본다. 곳곳에 흰 털이 섞여 있다. 나이 들어감이다. 우리 집에서 태어난 지 8년이 지났으니 사람 나이로는 노년에 접어든 것이다. 개의 수명이 12~16년이라는데….

내 마음을 아는지 모르는지 녀석은 갑자기 신이 나서는 꼬리를 흔들며 장난감 상자로 간다. 마음에 드는 것을 하나 물고 온다. 내 앞에 툭 떨어뜨려 놓고는 '멍', 꼬리를 흔들며 '멍' 한다, 못 들은 척하면 더 크게 '멍~멍멍' 놀아 달라고 한다. 잠시 터그 놀이를 한다. 힘이 센 사람은 힘센 만큼, 힘이 약한 제 어미는 약한 만큼 힘 조절도 하면서 놀 줄 아는 놈이다.

배우는 것이 늦고 고집스러운 꼴통이지만, 잔머리 대왕이고 정이 많다. 이런 아이를 어찌 사랑하지 않을 수 있는가? 아롱이다롱이, 자식처럼 기쁨을 주는 또 다른 나의 가족이다. 우리 집의 로또다.

내 반쪽

벚꽃 봉오리가 따뜻한 봄이 왔음을 알리는 날이다. 오늘 하루도 파이팅을 외치며 당당하게 교실 문을 들어섰다. 가방 안에서 휴대전화를 꺼내려고 하는 데 없다.

"어! 어디 갔지?" 가방 안 이곳저곳 구석구석을 찾아보았다. 안 보인다. 시장에서 엄마 손을 놓친 아이처럼 순간 불안하다. 혹시나 하여 재킷 주머니에도 손을 넣었다 뺐다 뒤집기를 반복했다. 교실에 있는 유선 전화를 이용하여 내 번호를 눌렀다. 신호가 간다. 받는 이가 없다. 기억을 더듬어 집에서 지갑이랑 같이 가방에 넣은 것까지 기억이 난다. 휴대전화를 가방에서 꺼낸 기억은 없다. 어디에 떨어뜨린 거지? 신발장 위에도 확인했다. 집에 놓고 왔으면 남편한테 가져다 달랠까? 남편에게 심부름시키면 칠칠치 못하게 놓고 다닌다고 또 잔소리를 들을 터다. 가방 안을 꼼꼼히 다시 살펴보고, 혹시나 하여 차 안을 먼저 확인하기로 했다. 전에도 몇 번 놓고 내린 전적이 있기 때문이다. 급하게 발걸음을 재촉하여 차 문을 여니 운전대 옆에 살포시 놓여 있다. 순간 안도의 숨이 쉬어진다. 어느 순간부터 늘 내 앞에 있어야 하고 계속 들여다보아야 하는 존재가 되었다. 시나브로 내 반쪽으로 자리하고 있음을 느낀다.

두 아이가 초등학교 때의 일이다. 아이들에게도 스마트폰을 사주는 시점이었다. 휴대전화 게임 중에 요리하는 것이 있었다. 집에서는 요리 재료를 만져보지도 않던 아이들이 요리한다고 이 재료 저 재료를 섞어서 만들면 점수가 나오는 게임이다. 그 때부터 시작된 건지 작은 아이는 아직도 게임에 몰입하고 있다.

한번은 제 아빠 휴대전화로 게임머니를 결제한 것이 다음 달 요금 폭탄을 맞은 적도 있다.

휴대전화기 게임은 꼬맹이들에게도 예외는 아니다. 올해 초등 1학년에 입학한 조카랑 지난해 밖에서 부모님과 밥을 먹을 때의 일이다. 남자아이라 그런지 잠시도 가만히 있질 않고 식당 안을 휘젓고 다닌다. 새언니는 다른 사람들에게 민폐가 될까 봐 아이에게 휴대전화를 이용해 동영상을 보여준다. 아이는 화면에 푹 빠져 눈을 떼지 않는다. 그런 아이에게 제 엄마는 숟가락으로 밥을 떠 먹여주느라 바쁘다.

처음엔 상대방과 통화만 할 수 있는 기능에서 요즈음은 인터넷 및 다양한 앱을 사용자의 상황에 맞추어 설치할 수 있고 직접 제작할 수 있다. 하지만 영상이나 게임에 빠진 아이들을 보면 어찌해야 할지 머릿속이 엉킨 실타래가 된다.

스마트폰은 기억력이 점점 약해져 가는 나에게 기억을 도와주고 반쪽처럼 착실하게 비서 역할을 해주기 때문에 없어서는 안 될 존재가 되었다. 하지만 기억 능력을 아예 빼앗아 가려는 과잉 충성 때문에 점점 나를 무력하게 만들기도 한다. 그래도 함께 갈 수밖에 없다 싶은데 아이들에게는 또 다른 문제가 아닌가?

숙제 못 하고 등교하는 아이처럼 마음이 찜찜한 채 휴대전화기를 찾아 들고 교실 문을 들어섰다.

라떼 한 잔

여름이지만 모처럼 하늘 높이 떠오른 태양이 반갑다. 지난해부터 시작한 공부도 마무리되어서 오랜만에 마음의 여유가 생긴 것일까. 더 맑아진 기분이다. 아침을 달걀 토스트로 해결하고 TV를 켰다. 채널을 돌리다 '황금연못'에 멈췄다. 황금연못은 60세 이상의 어른들이 나와서 이런저런 지나온 이야기를 서로 풀어내는 프로그램이다. 오늘 등장한 주제는 '라떼 한 잔'-'무더위을 이겨내는 법'이다

첫 번째 이야기는 '20세기 최악의 폭염으로 기록된 연도는 언제일까요'이다. 나는 순간 1994년 결혼하고 첫해의 일이 떠올랐다. 지금이야 더우면 에어컨을 켜지만 그 시절에는 에어컨도 별로 없었고 선풍기로 의지하던 때라 체감온도는 더 높았다. 우리의 신혼집도 예외는 아니다. 슬래브 지붕으로 내리꽂는 열기는

해가 져도 식지 않았다. 궁여지책으로 세탁 호스를 연결하여 지붕 위로 물을 올렸다. 그 물은 지붕을 타고 흘러 내려오는데 따끈따끈한 온수 그 자체였다. 물을 계속 틀어 놨음에도 좀처럼 식을 줄 모르는 더위는 우리를 방에서 쫓아내 거실 겸 주방에서 잠을 자게 했다.

한쪽에서는 더위 먹은 차 엔진에 물을 끼얹는다. 밤에 한강 공원에서 삼겹살을 구워 먹기도 하고, 집 밖 골목에 돗자리를 펴고 잠을 청하는 등, 더위를 피하는 방법도 다양했다. 누군가는 도로 위에, 자동차 보닛에 계란프라이를 하였다는 소식이 TV 뉴스를 통해 전해오고 있다. 덥기도 하였지만 열대야까지 겹쳐 이러다 열대지방이 되는 건 아닌지 걱정되는 한 해였다.

두 번째는 1970년 대 그 시절, 물놀이를 즐기는 방법에 대한 이야기가 펼쳐진다. 1970년대 석유파동으로 즉흥적인 소비를 줄일 때다. '물놀이는 분수에 맞게 가족과 함께 즐기는 것이 중요하다'라는 광고까지 있었다. 물가 폭등으로 과소비가 많았던 시절이라 한다.

세 번째는, 여름철 최고의 먹거리 이야기다. 나는 단연 초등학교, 중학교의 소풍이나 운동회 행사에 같이 와준 아이스께끼인 줄 알고 있었는데 아이스케키를 제치고 팥빙수가 1위를 차지했다. 팥빙수가 귀했던 시절이라 그렇단다. 지금은 딸기빙수, 인절미 빙수, 키위 빙수 등 여러 가지 과일을 넣은 것들이 많이 나오고 있어 본인 입맛에 맞는 것을 골라 먹는 재미까지 더해져 꾸준히 사랑받고 있는 먹거리이다. 다음은 오늘 주제의 하이라이트 '라떼 한 잔'이다.

우리가 알고 있는 라떼는 에스프레소커피에 우유를 탄 것을 말한다. 라떼라는 단어는 이탈리아어로 커피와 상관이 없다. 우유가 들어간 커피는 커피가 붙은 커피라떼라고 해야 통한다고 한다. 한국에서 라떼하면 카페라떼의 줄임말로 흔히 쓰이고 있다. 커피가 들어간 라떼의 경우는 바닐라라떼, 모카라떼, 캐러멜 마키아토 등이고 토피넛라떼는 매장에 따라 커피를 넣는 경우가 있고, 아닌 예도 있다. 초코라떼, 녹차라떼(그린티라떼), 홍차라떼, 딸기,바나나라떼 등에는 커피가 들어가지 않는다.

이 프로그램에서 말하는 '라떼 한 잔'은 신조어이다.

나 때=라떼 커피가 아니라 '나 때는 말이야'하고 나이 든 사람들이 과거 본인의 시절과 현재를 비교할 때 나 때라는 표현을 자주 사용하는 것을 두고 재치 있게 표현한 것이다.

유행처럼 나때는 이라는 표현을 사용하게 되면서 온라인을 비롯하여 텔레비전과 일상생활에서도 '라떼는' 이라는 표현을 많이 사용한다. 신조어는 99% 이상이 기존에 있던 단어를 합치거나 일부를 가져와 만든다. 심쿵, 득템, 소확행처럼 단어의 두 음절만 가져와 조합하는 게 최근 경향이다.

꽃길은 좋은 일만 생겼으면 좋겠다는 바람이 깃들어 있고, 심쿵은 놀라거나 설레는 마음을 실감 나게 전달한다. 딸바보, 금수저, 혼밥은 세태나 문화를 반영하는 단어들이다. 이러한 언어는 한글 파괴를 걱정하는 국어학자들도 엄지척을 세운다.

신조어들은 고정된 것이 아니라 계속 변화하기 때문에 시대에 안 맞는 신조어는 자연 도태되고 계속 사용되어 정착하면 사전에 수록된다고 한다. 모 교수는 대중이 공감하고 거부감 없이 받아들이는 단어. 특수상황보다 일반상황에 두루 쓰이는 단어가 살아남는다고 한다.

라떼는 이제 커피가 아니다, 나 때를 말하는 신조어다. 인터넷 정보에 의하면, '적은 금액이라도 장기적으로 저축하면 목돈이 되는 현상, 흔히 마시는 커피라테 한잔 값은 적을지라도 이를 매일 매일, 몇십 년을 마시지 않고 모으면 목돈이 된다'고 하여 생긴 말이라고 한다. 규범 표기는 '카페라테 효과'이다. 재미있다. 새삼 말의 효과와 힘을 느낀다.

퍼즐 맞추기

차창을 통해 들어오는 가을바람이 상쾌하다. 바람을 가르며 농로를 지나 퇴근하는 길이다. '햅쌀 판매'라는 곳이 눈에 들어온다. 벌써 햅쌀이 나왔나 보다.

우리 집은 20여 년 동안 친정 아빠가 농사지은 쌀을 가져다 먹었다. 쌀을 한 번씩 가져오면 몇 개월에 걸쳐 먹을 만큼 가져오기 때문에 햅쌀이 나와도 묵은쌀을 다 먹고 나서야 햅쌀을 맛보게 된다. 그러므로 햅쌀이라는 단어가 생소했고 큰 의미를 두지 않았다.

그러던 어느 날, 남편이 햅쌀을 들고 와서는 "얘는 우리 먹을 거, 얘는 초평 본가 가져갈 거, 얘는 조치원 처가에 갖다주자" 라며 몫을 정한다. 그러더니 마침 추석 전이니, 햅쌀로 차례를 지내면 더 좋을 것 같다며 잠깐 짬을 내 남편 혼자 조치원에 다녀온 적이 있다. 본래 추석의 의미는 햇곡식으로 조상께 추수 감사를 드리는 것이 아니었던가.

다음 해부터는 추석 명절에 남편이 햅쌀을 안 사 오면 내가 직접 마트에 가서 햅쌀을 사 들고 시댁으로 향했다. 추석 때만큼은 햅쌀을 먹어줘야 추석 맛이 나는 것 같기 때문이다.

올해는 어느 논에서 먼저 추수할까? 관심을 두고 보니 같은 들녘이라 해도 논마다 벼 이삭의 색이 다르다. 유난히 노란색의 벼가 고개를 떨어뜨리고 있는 것이 눈에 보인다. 아마 저 벼도 추석 전에 추수하겠구나 싶다.

벼는 농부의 관심과 사랑으로 자란다고 했던가! 미처 신경 쓰지 못한 걸까? 풀들이 웃자란 곳도 더러 있고, 고개 숙인 새색시처럼 살포시 농부의 손길을 기다리는 곳도 있다. 봄에 우리 학교 꼬마 친구들이 심은 벼도 무럭무럭 잘 자라고 있겠지? 나는 들녘에서 눈으로 퍼즐 맞추기를 했다.

'앗! 저기다.' 추수가 끝난 논을 찾았다. 오래 만나지 못한 애인을 본 듯 반가운 마음이 들었다.

내 어릴 적에는 손수 낫으로 벼를 베서 볏단을 꾸리고 집이 가까우면 집 마당에서 집에서 멀면 논에서 직접 탈곡기로 털었다. 탈곡하고 난 짚단은 집 모양으로 차곡차곡 쌓아 올렸다.

아빠와 오빠들 틈에 껴서 나도 열심히 볏짚을 나른 기억들이 난다. 그러면 아빠는 새참용 간식으로 다이제스트라는 비스킷이랑 음료를 사 와서 같이 먹곤 했다. 들판에서 먹는 간식은 일반적인 비스킷의 맛 그 이상이었다. 어찌나 맛있게 먹었던지 장년이 된 지금도 그때의 추억을 되살려 마트에 가면 비스킷을 장바구니에 챙겨 넣곤 한다.

쌓아 올린 볏단은 추운 겨울이 오기 전, 초가집 지붕으로 재사용한다. 소의 먹이가 되거나 추운 방을 따뜻하게 해주기도 했다. 그러던 것이 어느 해부터인가 추수가 끝난 논에는 마시멜로 모양의 큰 덩이들만 덩그러니 놓여 있다. 곤포사일리지라 한다. 곤포란 건초나 짚을 운반과 저장이 편리하도록 둥글게 압축해 묶은 것이다. 사일리지는 담근 먹이라고 하며 수분함량이 많은 조사료를 사일로 용기에 진공 저장해 유산균을 발효시킨 사료를 말한다. 사료비 인상이 매년 반복되면서 농가 부담도 커지고 있는데 이 같은 사료 작물 재배가 꾸준히 늘고 있다. 또한, 사료 작물과 비교하면 사료 가치는 약간 떨어지지만 구하기 쉬운 볏짚 곤포사일리지 제조도 조사료 확보에 한몫 차지하고 있다고 한다. 이는 경제적인 면에서는 효율적일지 몰라도 따뜻하고 정겨웠던 지난날들의 정서와는 대조를 이룬다.

들녘 옆을 지나가다가 내가 '마시멜로다.' 하면 작은딸은 '찐빵이야'라며 서로의 생각을 나누었는데 이것도 새로운 풍조의 한 단면으로서의 추억이 되려나?

풍요로운 들녘을 보며 어릴 적 추억에 젖는다. 남편에게 고마웠던 마음의 퍼즐 조각도 한 조각 한 조각 맞추며 오늘도 사랑하는 가족이 있는 집으로 향한다.

c h a p t e r _ 5

어른이 엄마

다부지고 당당한

엄마의 모습은 어디 가고

웬 늙은 여인이

엄마를 잃어버린 어린아이처럼 나를 보더니,

안심의 눈빛으로 환하게 웃는다.

언제부터인가

엄마와 딸의 위치를 뒤바꿔 놓기 시작한 세월,

눈망울이 시려온다.

–본문 중에서

울 엄마

봄비가 내리는 일요일 오후다. 점심을 급하게 먹고 작은딸이랑 조치원으로 길을 나섰다. 꿈속을 걷는 듯한 뿌연 안개가 다른 세상인 양 펼쳐져 있다.

오창읍쯤 지났을까. 양쪽으로 늘어선 벚나무에서는 꽃망울을 삐죽이 내민다. 조치원에 거의 다다랐을 무렵 조천천이라는 둑길을 따라 벚꽃들은 한창 피어나기 시작했다. 삼삼오오 짝을 지어 우산을 들고 벚꽃을 감상하는 모습이 한 폭의 그림처럼 다가온다. '나도 저 길을 누군가와 거닐었으면' 하고 있는데 작은딸이 "엄마, 이따가 우리도 들렀다 가자" 한다.

엄마가 사는 아파트 마당으로 들어섰다. 비가 와서 그런지 지하 주차장에 차들을 세워둬서 그런지 텅 빈 지상의 주차장은 한산하다. 엄마 아빠가 60여 년을 사신 동네에서 이 아파트로 이사 온 지도 벌써 3년이 지나간다. 아무런 연고도, 아는 이도 없는 낯선 아파트다.

띡띡띡띡 띠리릭 문을 열고 들어서니 누워계시던 엄마 아빠가 소리도 없이 다닌다고 깜짝 놀라신다. 어느 때부터인가 전화를 미리 하고 가면 그 시간 동안 이제나 오나 저제나 오나 목 빠지게 기다리실까 봐 전화 없이 그냥 간다. 갑자기 들이닥치면 그 기쁨 또한 두 배가 되지 않을까?

여동생네도 오기로 했는데 전화가 없다. 전화를 해도 문자를 해도 묵묵부답이다. 무슨 일이 있는 걸까? 오늘은 안 오려나 보다. 엄마 아빠를 뵈었으니 날이 어두워지기 전에 일어서려는데 엄마는 "저녁 먹고 가지" 한다. 그 소리를 들은 척도 안 하고 집을 나섰다. 엄마가 주차장까지 따라오신다. 왔다가 금방 가는 큰딸이 서운해서인지 차창 문을 한번 부여잡고 잘 가라, 조심히 가라 한다.

어린 시절 그때는 다 그랬겠지만, 우리 집도 겨우 4남매인데도 수업료 걱정, 먹을 거 걱정 때문에 힘들게 우리를 키우셨다. 엄마는 항상 딸에게 넉넉히 키우지 못한 것이 미안했나 보다. 엄마 옷이나 가방을 사가지고 갈라치면, 돈 쓸데도 많은데 이런 걸 왜 사오느냐고 하신다. 그러면서 지금도 당신 손주들 등

록금이다 뭐다 한참 돈 들어갈 때인데 괜찮냐고 물어보시곤 했다.

엄마는 어린이나 어른 할 것 없이 90°로 인사를 하고 다닌다. 90°로 굽은 엄마의 허리, 내가 젊었을 때는 '엄마 허리 좀 펴고 다녀' 하면 엄마는 그 자리에서 허리를 펴고 기우뚱기우뚱 걷곤 하셨다. 몇 년을 그랬는데 이제는 엄마한테 허리 펴고 다니라는 말도 못 한다. 허리를 펴고 다니려면 얼마나 힘들 줄 알기 때문이다.

한때는 꼿꼿이 허리 펴고 걷는 친구들의 엄마가 부러워 엄마 힘든 줄도 모르고 무심히 허리 펴란 이야기만 했었다. 그때의 철없음이 미안하기도 하고 죄송스럽기도 하다. 이제 조금씩 엄마의 마음이 헤아려진다. 나도 나이를 먹어가고 있나 보다.

작은딸과 비를 맞으며 거닐다 한 아름이나 되는 벚나무 옆으로 겨우 몸을 붙이고 있는 곁가지에 눈길이 머문다. 거기서도 어린순이 돋아나 꽃을 피우고 있다. 다른 가지의 꽃보다 곁가지의 꽃이 더 예뻐 보이는 이유는 무엇일까? 금방 보고 온 엄마가 다시 또 보고 싶다.

고향 가는 길

올해 추석은 5일간의 황금연휴이다. 추석 당일 남편은 저녁 근무이다. 시댁에서 집에 오는 길에 남편에게 집에 들렀다가 바로 조치원 친정에 간다하니 그러라 라고 한다.

남편은 가는 길에 차가 많아 밀리면 샛길로 빠져서 가라고 당부하지만 길치인 나는 다니던 길만을 고집한다. 남편을 집에 남겨두고 두 아이와 친정 갈 채비를 했다.

차창 넘어 햇볕이 제법 따갑다. 큰아이가 햇살이 따갑다며 이내 눈을 감아버린다. 난 보자기를 주면서 창문에 끼우라고 했다. 그늘이 생기니 한결 나아진 것 같다.

운전하는 나에게 큰아이는 미안해하는 목소리로 "엄마 나 잘게" 하며 곯아떨어진다. 문백을 지나니 차들이 가다 서기를 20여 분 동안 반복한다. 오창읍 쪽으로 가는 길은 차량이 많아도 달릴 만했다.

조치원 근처를 지나니 '영평사 구절초 축제'를 한다는 플래카드가 눈에 띈다. 해마다 이맘때쯤이면 생각나곤 했는데 이제는 축제까지 하나 보다. 영평사는 엄마 아빠를 모시고 온 가족이 갔던 곳이다. 그때는 엄마가 제법 걸으셨다. 지금은 엄마의 건강 악화로 걷는 걸 힘들어하신다. 가까운 청남대를 차만 타고 가자 해도 안 가시고 집에서만 왔다 갔다 하는 정도이다. 영평사가 그동안 어떻게 변했는지 가보고 싶은 마음이 굴뚝같다.

고향이라고 찾아왔지만, 아파트단지를 들어서는 입구가 아직도 어색하다. 주차하고 있는데 아빠가 앞을 지나친다. 자식들이 언제 오나 두리번두리번 기다리는 거다. 아빠 뒤에서 "봄이 할아버지, 아빠"하니, 이내 돌아서서는 "어찌 벌써 왔냐?" 하며 반기신다.

아빠가 제일 기다리는 사람은 당신 딸이랑 손주라는 걸 안다. 큰아이는 첫 손주여서 특히 더 예뻐하는데 그런 걸 모르는 아이들은 무덤덤 상투적인 언어로 인사를 한다. 아빠랑 가볍게 인사를 하고 현관문을 열었다.

"엄마 나왔어."

내가 태어난 곳은 세종 행정도시 개발이라는 명목으로 지금은 딴 세상으로 바뀌었다. 60여 년을 사신 동네에서 정부의 이주 대책으로 한 마을이 고스란히 옮겨졌으면 조금은 덜 서운했을 텐데, 마을 사람이 뿔뿔이 흩어져 이사를 나온 것이다. 그래도 다행이라고 해야 하나? 같은 동, 앞 동에 한마을에 사셨던 분들이 이사를 나오셔서 말을 섞는다. 하지만 예전만 할까 싶다. 성냥갑 같은 아파트 안에서 자식들이 오기만을 기다리는 노인들이 되었다.

지금 사는 곳은 이사 나온 동네이기 때문에 고향은 아니다. 그래도 내 엄마 아빠가 계신 곳이니 이곳이 고향이 아닌가? 정을 붙이도록 해야겠다.

모내기

창문 너머 겨우내 허허벌판이었던 들녘에 하얀색의 무언가가 내 눈에 들어온다. '아, 백로다' 무척이나 반가웠다. 벌써 모내기 철인가 보다.

트랙터로 논을 일구는 농부 아저씨의 손길이 바쁘다. 그 옆에 긴 다리의 백로가 노닐고 있다. 먹이를 찾고 있나 보다. 바라만 봐도 흐뭇한 풍경이다.

내가 어렸을 때는 모내기 시작과 동시에 여름 내내 백로가 노닐었던 것 같은데 요즘은 트랙터로 논을 일굴 때만 잠깐씩 보이다가 만다. 이렇게나마 방문한다는 게 어디인가.

백로의 먹이가 있는 것을 다행으로 여기며 안도의 숨을 쉰다. 땅이 살아 있다는 이야기다. 백로마저 찾지 않는 논이 된다면 안심하고 먹을 수 있는 우리의 먹거리를 어디서 찾아야 할지 막막하기 때문이다. 한동안 들녘은 과잉 농약 살포로 몸살을 앓았는데 그래도 요즈음은 친환경으로 많이 환원되는 추세다. 이제 더 많은 백로를 볼 수 있지 않을까 슬그머니 기대해 본다.

며칠 전 우리 학교 전교생이 모내기 체험을 갔다 왔다. 체험을 다녀온 2학년 친구가 "선생님, 선생님, 오늘 모내기 갔었는데요. 담임 선생님이 저 모내기 잘한다고 칭찬해 주셨어요. 그리고 다른 선생님한테도 칭찬받았어요" 하고 자랑한다. 아주 만족스러웠나 보다.

내가 이 친구만 했을 때는 아이들도 모내기 돕는 일이 일상이었다. 발가락 사이사이 들어오는 논흙의 촉감이 좋아서 어른들 틈에서 모내기를 한답시고 줄 맞춰가며 작은 손으로 모를 심기도 했었다. "거머리 물린다."라는 아빠의 말씀도 아랑곳하지 않고 한참씩 첨벙거리고 놀았었다.

얼마 전 작은 오빠가 세종시 아름동으로 이사를 하였다. 집들이한다고 저녁 먹으러 오라 하여 흔쾌히 승낙하였다. 오빠네 가는 길에 남편이 새로 이사한 오빠네 동네 전 주소를 묻는다. 혹시 공주 근처냐고. 난 "모른다."라고 짧게 대답했다. 거기에 살았으면서도 모르냐며 타박이다. 오빠에게 전화를 걸어 물으니 공주 근처 고정리란다. 하하하 가끔씩 내 무심함에 나도 놀란다.

오빠네 집에 도착하니 엄마 아빠는 벌써 와 계신다. 새언니가 상 차리는 것을 도와 저녁을 맛나게 먹고 이야기꽃을 피웠다. 조카가 새로 전학간 초등학교며, 친구들과의 사귐에 대해서도 많은 관심이 갔다. 내가 초등학교에서 아이들을 돌보는 직업 때문일 것이다. 편백나무로 인테리어를 한 조카 방도 좋아 보인다. 몸에 좋다는 편백나무로 꾸미는 데는 얼마가 들었는지 올케언니와 이야기를 나누며 내심 우리 아이들 방도 이렇게 편백나무로 해 주면 좋겠다고 생각했다. 한참 수다가 무르익는데 아빠는 밖으로 나가자 한다. 아파트로 이사 간 지 3년이 지난 지금쯤이면 적응이 됐으련만 아파트 생활은 여전히 답답하신가 보다.

남편이 담배도 피울 겸 뒤 따라나선다. 앞서 나가시는 아빠 엉덩이에 눈길이 가닿는다. 다림질을 안 하고 오래 입어서 꾸깃꾸깃 주름이 잡힌 것이 눈에 거슬린다. 시골에 사셨으면 그냥 그러려니 하고 지나갈 일인데 지금은 그냥 넘겨지지 않는다. 가까이에 살면 자주 들여다볼 텐데 그러지 못하는 게 속상하다.

조금은 힘이 드셨지만, 농사를 지어 딸이며 친지들에게 나누어 주는 기쁨으로 사셨는데, 농사를 아예 짓지 못하게 된 지금 아빠는 무슨 마음으로 생활하고 계시는 걸까? 하던 일 놓고 난 그 허탈한 마음이 저리 구겨진 바지처럼 구겨져 있는 것만 같아 마음이 짠하다. 아닌 척 하시지만 지금도 농촌의 그 시절이 그리워 자꾸 밖으로 나가고 싶은 건지도 모른다.

어느 날부터인가. 나도 지나가는 길에 논에서 모내기하는 등 일하는 게 보이면 한참을 쳐다보게 되는데 아빠도 그러지 않을까 싶다. 논 가에서 겅중겅중 먹이 찾는 백로가 정겨워 보였던 것은 아마도 어린 날, 내 아버지 모습이 거기 있기 때문이리라.

열무김치

종일 비가 내린다. 습하다. 하루를 어찌 보냈는지 물 먹은 스펀지처럼 축 가라앉는다. 몸이 천근만근이다. 퇴근 시간만 기다려진다. 오늘 같은 날은 꾀가 나서 집밥을 챙겨 먹는 게 싫다. 저녁거리로 떡볶이와 순대 튀김을 사 들고 집으로 향했다.

떡볶이를 식탁 위에 올려놓는데 못 보던 봉지 하나가 뱀이 허물을 벗겨놓은 것처럼 널브러져 있다. 궁금증을 안고 옷을 갈아입으려니 "초평 삼촌이 열무김치를 가져왔어."라는 작은아이 목소리가 들려온다. '열무김치' 그 소리에 갑자기 식욕이 돋는다. 배가 고프다. 저녁거리로 사 온 떡볶이를 펼쳐놓고 냉장고에서 열무김치 통을 꺼냈다.

초평에 사는 시어머니는 열무김치를 담그면, 당신 아들이 좋아하는 걸 알기에 매년 이맘때쯤 도련님 편에 보내준다. 텃밭에서 조금씩 기른 열무로 담은 것이다. 조치원 엄마가 담은 열무 김치는 시커멓게 색이 죽어서 맛이 없어 보이는데 비해, 초평 어머니 김치는 맛깔나 보인다. 빨간색 국물에 작은 무랑 밭에서 갓 따온 빨간 고추도 같이 썰어 넣는다. 눈으로 볼 때 '아~ 맛있겠다. 하는 그런 김치다. 우리는 그걸로 열무국수도 해 먹고, 밥도 말아 먹어 김치가 채 익기도 전에 다 먹어버리기 일쑤다. 역시 열무김치는 엄마보다 시어머니 솜씨가 한 수 위다. 최고다.

맛을 보려고 뚜껑을 여니 냄새가 코를 자극한다. 입가에 군침도 같이 돈다. 한 국자 떠서 먹는데 아삭아삭 열무가 씹힌다.

"으음 역시 이 맛이야."

두 아이가 '나도 나도' 하며 먹이를 기다리는 아기 새 마냥 입을 쫘악 벌리고 줄을 선다. 우리 삼 모녀는 그렇게 밥도 없이 김치 한 국자씩을 음미했다.

열무김치 담그는 일은 내가 제일 자신 없어 하는 부분 중의 하나다. 결혼 초에 김치를 담갔는데 풋내가 많이 났다. 그래서 열무를 씻을 때도 살살했다. 양념도 생고추를 갈아 넣으면 맛있다고 하기에 갈아서 넣었다. 버무리는 것도 열무 위에 살짝 끼얹기만 할 정도로 했다. 온 정성을 다했는데 계속 풋내가 났다. 그렇게 서너 번을 해보았다. 그러나 여전히 실패다. 어머니의 손맛이 나질 않는다. 결국 남편과 아이들이 좋아하는데도 열무김치 포기자가 되었다. 그래서 초평 열무김치는 우리 가족이 제일 좋아하는 금치로 자리를 잡았다.

올해로 결혼 25년 차가 된다. 일을 가졌다는 이유로 살림에 등한시한 탓인지 음식솜씨가 없어서인지 모르겠지만 집안 살림에 있어서 아직도 풋내가 가시질 않는다.

어머니의 김치는 거저 얻어진 게 아니다. 자식을 위한 어머니의 마음과 세월의 연륜이 버무려져 진 사랑이다.

어른이 엄마

어버이날 즈음에 친정인 조치원집으로 가는 길이다. 4월 날씨답지 않게 덥다. 벚꽃들은 지고 그 자리에 녹색이 자리 잡아 가고 있다.

현관문을 여니 아빠가 어찌 왔냐며 반색하신다. 난 오빠랑 전화 통화하지 않았냐고, 오늘 모여서 저녁 먹기로 했다고 했다. 오빠가 엄마한테만 얘기하고 아빠한테는 전달이 안 된 모양이다.

어버이날이라고 새로 사 간 옷을 엄마에게 입혀보았다. 전보다 허리가 더 굽어서인지 옷 입는 것도 힘겨우신가 보다. 어깨는 좁고 허리도 굽고 엉덩이가 빵빵한 엄마 몸에 옷을 맞추기가 힘들다. 엉덩이를 덮으면 어깨 부분이 커서 남의 옷 빌려 입은 것 같고 어깨에 맞추면 단추가 잠기질 않는다. 그래도 이렇게 저렇게 구겨 넣으니 제법 옷 모양새가 난다.

새 옷을 입고 지팡이를 짚으며 저녁 먹으러 집을 나섰다. 동생은 언제 오느냐, 오빠는 언제 오느냐며 연신 묻고 있는데 전화벨이 울린다. 동생네 가족이다. 어느결에 따라온 것이다.

저녁 먹을 장소에 도착하니 차량을 못 올라가게 막아 세운다. "몸이 불편하여 식당 앞까지 가야 한다."라고 하니 길을 터준다. 엄마 아빠를 내려놓고는 두 분이 어색해할까 봐 작은아이에게 할머니, 할아버지랑 같이 있으라고 했더니 싫다 한다. 저희끼리만 격의 없이 살다 보니 자기 딴에도 어른을 어떻게 모셔야 하는지 어색한 모양이다.

차를 주차장에 놓고는 급히 다시 올라갔다. 아빠는 화장실이라도 갔는지 보이지 않고 엄마만 조금 전에 내려준 자리에 그대로 구부정한 자세로 엉거주춤 서 있다. 다부지고 당당한 엄마의 모습은 어디 가고 웬 늙은 여인이 엄마를 잃어버린 어린아이처럼 나를 보더니, 안심의 눈빛으로 환하게 웃는다. 언제부터인가 엄마와 딸의 위치를 뒤바꿔 놓기 시작한 세월, 눈망울이 시려온다.

난 얼른 엄마 손을 잡고 식당 안으로 들어섰다. 자리를 안내받고 이동 중이다. 지팡이 한번, 걸음 한번, 지팡이 한번, 걸음

한번, 걸음마를 배우는 아이의 걸음걸이다.

식사 중에도 당신 입에 음식 넣은 일은 뒷전이고 아빠를 챙겨주면서 성치 않은 이로 우리와 먹는 속도를 맞추느라 바쁘시다.

"엄마, 천천히, 꼭꼭 씹어 드셔." 내가 먹는 속도를 늦추니 그제야 엄마는 천천히 드신다. 옆에서 이것저것 할머니를 챙겨주는 작은아이 손길도 그리 어색하지 않다. 모처럼 엄마 아빠 모시고 오빠네, 동생네 가족이 다 모여 음식을 먹으니 정겨우면서도 맛있는 음식이 뭉클뭉클 가슴에 얹히는 느낌이다. 어릴 적 한솥밥을 먹고 아웅다웅하며 엄마 속을 긁어먹고 자란 자식들 앞에서 오늘 엄마는 그래도 대견한 듯 오물오물 맛나게 음식을 넘기고 계신다.

당신은 아낌없이 열을 내주고, 겨우 하나 받아든 것에 흐뭇해하는 엄마, 가족이란 이렇게 녹아들어 하나가 되어가는 건가 보다. 이런 행복이 오래 계속되었으면 좋겠다.

당신 삶보다는 남편을 위해, 자식들을 위해 일평생을 살아오신 분이 엄마다. 비록 새우등처럼 굽은 몸이 되었지만, 아프지 말고 조금만 더, 조금만 더 오래 살아 계셨으면 하는 바람이다.

생사의 몸살

친정을 다녀온 저녁이다. 현관문을 여니 남편은 벌써 출근하고 없다. 강아지 세 마리가 나를 반겨준다.

강아지들이 '엄마! 엄마, 잘 만나고 왔어?' 하는것 같다.

남편한테 전화를 넣었다.

"나 잘 다녀왔어."

"엄마는?"

"그냥 그대로지 뭐."

지지난 여름이었다. 친정엄마는 저녁을 드시고 아빠랑 운동을 나가셨다. 나이 들면서 당신이 아프면 자식들 고생할까 봐 아침저녁으로 아파트 주위를 돌며 걷기 운동을 하고 있었다.

엄마는 아빠와 걷는 속도, 발걸음 폭이 달라 아빠가 먼저 아파트 입구에 도착하면 뒤이어 뒤뚱뒤뚱 오리처럼 걸어가 아빠를 만나곤 했다. 그런데 그날따라 뒤이어 도착해야 할 엄마가 해가 다 넘어갔는데도 영 오질 않더란다. 걱정은 되면서도 곧 오겠지 하면서 밤눈이 어두운 아빠는 집에 들어가 엄마를 기다릴 수밖에 없었다.

캄캄한 밤이 돼서야 길가에 쓰러져 있는 엄마를 행인이 발견하였다. 운동을 나간 차림이어서 휴대전화기도, '내가 누구요.'라고 증명할 그 어떤 것도 없었다. 어찌하여 오빠에게 연락이 닿았다. 남편은 출근하고 없다. 지인의 도움을 받아 급히 병원으로 향했다. 응급실에 도착했다. 엄마는 산소 호흡기에 숨을 의지한채 미동도 하지 않았다.

옆에는 '이름 미상'이라고 쓰인 검정 봉지와 틀니가 눈에 들어온다. 엄마의 물건인 걸 직감했다. 내 엄마이고 아빠의 아내이며 내 아이의 할머니로 살아오셨는데 이름도 없이 이곳에 홀로 누워있다. 엄마가 아는 이 하나 없는 차가운 길에, 혼자 쓰러져 있었을 것을 생각하니 가슴 한편이 저려온다.

"엄마, 엄마, 엄마"를 불러도 대답이 없다.

뒤이어 바로 오빠도 도착했다. 보호자의 도착과 동시에 엄마의 상황이 급박한지라 바로 수술에 들어가야 한다며 이동한다. 담당 의사가 우리 삼 남매를 불러 세워놓는다. 현재 엄마는 뇌출혈의 일종인 지주막하출혈이다. 뇌혈관조영술이라는 수술을 통해 터진 혈관을 막는 수술이 진행될 것이며 수술 과정과 수술 후의 후유증 등 안 좋을 수 있다는 말을 전한다. 내 귀에는 깨어날 가능성이 있다는 말만 들어온다. 6시간 정도 예상된단다. 엄마는 의식이 없는 상태에서 수술실에 들여보내졌다.

수술실 밖에서 계속 울고만 있는 나에게 지인이 "엄마 잘될 거야, 금방 깨어나실 거야."라며 위로했다. 수술은 잘 됐다. 스스로 숨 쉬는 것까지 한다. 회복되는 듯했다. 우리는 엄마가 일어나 집에 같이 가리라는 희망의 끈을 놓지 않았다. 그런데 두 달 정도 지나자 더는 치료할 병명이 없다며 재활병원으로 전원할 것을 권한다. 그 이후로 지금까지 재활 요양병원에 입원 중이다.

감기가 오려는지 콧날이 시큰시큰하고 콧물이 흐른다. 욕조에 따끈하게 물을 받아 몸을 담근다. 엄마의 품속 같다. 노곤하게 몸이 풀린다. 따뜻한 물에 목욕하니 좀 나아진 것 같다. 강아지들 밥 챙겨주고 놀아달라고 꼬리 치는 걸 모르는 척 뒤로 하고 잠이 들었다. 잠결에도 몸이 쑤시고 아파 잠에서 깼다. 감기약을 찾아 먹었다.

갑자기 눈물이 쏟아진다. 집에는 아무도 없이 나 혼자다. 혼자 아프니 서러움이 밀려온다. 엄마가 보고 싶다. 어린아이처럼 "앙앙" 소리내어 울어 버렸다. 가족 없이 요양 재활병원에 홀로 계신 엄마, 앙앙 소리도 내지 못하고 있을 엄마의 울음이 내 목에서 터져 나오고 있는 건지 모르겠다.

울고 있는 나에게 강아지 한 마리가 다가와 똥그란 두 눈을 끔벅이면서 올려다본다. 무언의 말로 위로를 건네는 것 같다. 그런 강아지를 끌어안고 다시 잠을 청했다. 열이 올랐다 내리기를 반복한다. 눈은 감고 있어도 계속 뒤척이며 잠을 이룰 수가 없다. 제 주인을 걱정이라도 하는지 강아지들도 이리 갔다 저리 갔다 바쁘게 움직인다.

남편 퇴근 소리에 눈이 떠졌다. 주스 한 잔을 건네주고는 다시 이불로 들어가 눈을 붙였다. 달그락 소리가 들린다. 남편이 냄비를 꺼내는 소리다. 주말에 내가 누워 있으면 깨우지 않고, 본인이 스스로 라면을 끓여 먹던 가락이 있어 아무렇지도 않게 아침을 해결한다. 라면 끓는 냄새가 문틈을 비집고 들어와 침샘을 자극한다. 일어날까 말까 하다가 또 잠이 들어 버렸다.

한나절만 푹 자고 일어나면 거동했는데 온종일 이불 밖을 못 벗어나고 있다. 이번에는 단단히 탈이 난 모양이다.

어릴 때는 엄마가 따뜻한 손으로 내 이마를 짚으며 "우리 딸 많이 아파? 이것 좀 먹자."라면서 머리맡을 지켜주었다. 걱정해주던 엄마의 목소리가 듣고 싶다. 그 한마디면 이런 몸살쯤은 거뜬히 이기고 일어날 것 같다. 엄마의 체온이 엄마의 말 한마디가 그립다. 50이 다 된 철없는 딸은 아직도 응석을 부리고 싶다. 그런데 엄마가 없다. 혼자 당신의 몸도 추스를 수 없어 남의 손에 몸을 의탁하고 있다. 애지중지 키워준 딸은 엄마를 지키기는커녕 몸살감기 하나에도 앙앙거리며 더 큰 몸살을 앓고 있는 엄마를 찾고 있다.

아빠의 사랑법

엄마를 만나러 대전에 있는 요양병원에 가는 길이다. 아빠도 같이 가기로 했다. 오창쯤 지났을 때 전화를 걸었다. "아빠, 나 30분 후면 도착하니까 점심 먹고 준비하고 있어."

아빠는 가는 길에 이런저런 이야기를 풀어 놓는다. 오늘은 군대 이야기이다. 60여 년 전 까마득한 군대 이야기를 엊그제 일처럼 이야기한다. 그 당시만 해도 상급자들이 하급자들에 대한 폭력은 아무렇지도 않게 자행되었나 보다. 아버지는 병장 한 명을 폭력을 써 가면서 훈계하며 감싸안은 덕분에 그가 영창을 면했다고 한다. 그 일을 잊지 않고 제대 후 일부러 찾아와서 고맙다고 하고 가더란 이야기를 늘어 놓으신다.

옛날에 비하면 지금은 군 복무 기간도 짧아졌고 편해져서 군대 생활하는 것도 아니란다 남자는 군대를 갔다 와야 사람이 된다고 강조한다. 아무리 군 생활이 편해졌다고는 하나 엄마로서는 예나 지금이나 자기 자식 군에 보내기 싫을 것 같다는 생각에 한 표를 얹는다. 대개의 남자가 그렇듯이 아빠 역시 군대 이야기를 무용담처럼 늘어놓는 것은 가장 사내다운 젊은 날을 추억하는 것이려니 맞장구를 쳐 준다.

두런두런 아빠의 이야기는 조치원 장날 이야기로 이어진다. 한참을 귀 기울이다 보니 걱정 섞인 한숨 소리가 들린다. 병원이 가까워진 거다.

아빠 손을 꼭 잡고 병실로 들어섰다. 병원 특유의 냄새가 내 코를 자극한다. 맡고 싶지 않은 향기다. 엄마를 보자마자 아빠는 또 꺼이꺼이 우신다. "나 혼자 어찌 살라고, 어여 일어나 집에 가야지. 한숨 반 걱정 반을 한참 넋두리처럼 늘어놓는다.

"왜 이렇게 누워만 있냐, 말이라도 좀 해보라"고 애잔하게 엄마를 흔든다. 그런 아빠를 보며 엄마는 '나 괜찮아! 당신이나 잘 챙겨'라고 말하듯이 눈만 끔벅인다. 나도 뼈만 앙상하게 남은 엄마의 손바닥만 괜히 조몰락거리면서 이런저런 이야기를 한다. 엄마가 무슨 말이라도 해야지 이렇게 아무 말을 안 하면 다시는 안 온다고 협박까지 해본다. 그 협박은 병실 천장에 허허롭게 흩어질 뿐이다. 온기 대신 크레솔 냄새만 가득한 그곳에 엄마만 홀로 남겨 놓고 병원 문을 나섰다.

아빠는 엄마를 집으로 모시고 오자고 몇 번이나 말했다. 병원 근처에 방을 얻어 주든지, 영상통화가 되는 휴대전화를 사 달라고도 했다. 그렇지 않으면 집 가까운 병원으로 옮기자고도 했다. 밤눈이 어두울 뿐만 아니라 점점 시력을 잃어가는 아빠는 매일 엄마를 보러 가고 싶은데 당신 뜻대로 몸이 말을 듣질 않으니 더 애달파한다. 자식들이 다 모이거나 기뻐해야 하는 날에도 엄마를 찾는다. 같이 하고 싶은 거다.

아쉬운 발걸음을 이끌고 조치원집에 도착했다. 현관문 앞에 있는 보행용 유모차가 눈에 들어온다. 엄마의 물건이다. 현관 앞에는 유모차, 신발장 옆에는 지팡이, 침대 옆에는 2년 전 입었던 여름옷들이 가지런히 걸려있다. 아빠는 엄마 냄새가 없어진다고 옷을 빨지 못하게 한다. 주인 잃은 물건들이 가득한 집에 덩그러니 남겨졌다. 분위기를 바꿔 드리려고 우리 집에 가서 며칠 계시자고 해도 당신 사위 불편할까 봐 싫다 하신다. 아니 엄마가 집으로 돌아오기를 바라는 마음에서 아직은 안 움직이고 싶은 건지 모른다.

당신 세대는 부모가 아프거나 노쇠하면 당연히 자식들이 모시면서 수발했는데 현재는 그렇지 못하다. 요양원을 현대판 고려장이라고 누군가 그랬다. 요양원에 모셔 놓고는 요즘 추세가 그러니까, 남들도 다 그렇게 하니까 자기를 합리화시킨다. 요즈음 세태가 다 그렇다. 나도 엄마는 요양병원에 아빠는 독거노인으로 만들어 놓고 직장생활을 핑계 삼아 나를 합리화시키고 있다.

그래도 아빠 엄마는 자식들을 늘 한결같은 사랑으로 기다려 준다.

당신은

2021년 4월 1일

봄의 대명사인 벚꽃이 앞다투어 망울을 터트리는 따뜻한 봄날, 당신에게 가는 길입니다. 당신이 좋아하는 계절이지요.

코로나 시대 요양병원의 면회가 금지된 지 1년이 넘었나 봅니다. 요양병원의 백신 접종이 완료되었다는 소식을 접합니다. 뒤이어 3월 중순쯤 한 달에 한 번 면회가 허용된다는 연락을 받고 당신을 볼 수 있다는 희망이 저를 살게 하였습니다.

3월은 오빠가 아버지를 모시고 다녀왔습니다. 4월 1일에 면회 가자고 동생에게 전화를 걸었으나 시간이 되지 않는다고 하여 아빠에게 같이 갈 것을 청하여 면회 신청을 하였습니다. 전날 오빠에게 아빠 코로나 검사 동행을 부탁했습니다. 하루 전에 검사하여 음성판정이 되어야 면회가 허락되기 때문입니다. 그런데 병원에 도착하도록 아버지의 검사 결과가 오지 않습니다. 오전 중으로 나와야 하는데 면회 약속된 1시가 넘도록 연락이 없습니다. 알아보니 그 전날 세종시에 확진자 수가 많아 결과가 늦어진답니다. 요양병원 측에 사정을 이야기하니 늦더라도 면회는 허용해 주겠다고 합니다. 아버지는 너무 늦는다며 다음에 다시 올 것을 권유했지만 나는 발길을 돌릴 수가 없어 기다렸다가 엄마를 보고 가기로 했습니다. 병원 로비에서 한참 기다리고 있는데 메시지 소리음이 울립니다. 복권이라도 당첨된 양 메시지 내용을 들고 병원 관계자에게 보여 주었습니다. 아버지와 난 방호복을 착용한 다음 승강기에 올랐습니다.

휠체어를 밀며 끌며 끊임없이 사람들이 왔다 갔다 하던 복도는 적막하기만 합니다. 백신 접종을 하면 다 괜찮아질 줄 알았습니다. 병실에 도착하였습니다. 들어서는 문 입구의 분홍색 양말이 벚꽃인 양 피어 있습니다. 당신임을 말해줍니다. 아버지는 당신 얼굴을 보려 하지만 무엇이 그리 수줍은지 자꾸 고개를 돌리더이다. 앙상하게 남은 당신 몸을 나는 아기 다르듯 어루만졌습니다. 서로 떨어져 있는 이 부부의 애틋함을 어찌할까요. 안 보면 보고 싶고, 보고 있으면 어찌할 줄 몰라 답답하고, 그렇게 속울음을 삼키며 다음 달을 기약하고 떠나오고야 말았습니다.

2021년 4월 3일

새벽에 작은 오라버니의 전화를 받고 대전 요양병원에 있는 당신에게 가는 길입니다. 새벽녘이긴 하나 어둠이 걷히지 않아 무섭고 두렵습니다.

이 길이 맞는지 가도 가도 끝이 보이지 않습니다. 당신에게 가는 길은 이리 먼 길이었습니다. 간신히 도착했는데 유리문을 사이에 두고 다가갈 수가 없습니다. 코로나 검사를 해야 한답니다. 그저께 면회 올 때 했다고 하였더니 그래도 해야 한답니다. 거기에서 지체하니 응급실에서 간호사가 나와 엄마가 아주 먼 길을 떠났다고 전해주더이다.

순간 온몸의 힘이 탁 풀리면서 주체할 수 없는 물이 홍수처럼 흘러내리더이다. 당신에게 사랑한다고 말이라도 했으면 나았을까요. 당신 가는 길에 손이라도 한 번 더 잡아주었으면 덜 했을까요. 당신을 보낼 준비를 했다고 생각했는데 아닌가 봅니다. 당신의 체온을 더 느끼고 싶어 식어 가는 당신을 부여잡고 내 체온을 나눕니다. 아버지는 당신에게 마지막 입맞춤을 합니다.

2021년 4월 7일

아파트 화단에 꽃다지랑 냉이꽃이 피었습니다. 한 줌 꺾어 길을 나섰습니다. 은하수 공원으로 갑니다. 봄날을 느끼는지 당신은 환하게 웃고 있습니다. 머리로는 알면서도 가슴은 아직 아니라 말합니다. 어딘가에서 "현미야" 이름을 부르며 굽은 허리를 곧추세우고 달려올 것만 같아 두리번두리번거렸습니다. 당신의 목소리가 들립니다.

2022년 3월 24일

당신이 떠난 지 음력으로 1년이 지났습니다. 당신을 꿈에서 보았습니다. 짧게 와서 그 존재만을 드러냈지만 나는 안도감을 느낍니다. 오후가 되니 볕이 따뜻합니다. 동생과 시간을 맞추어 당신에게 갑니다. 동생네 부부는 벌써 와 있습니다.

첫 제사입니다. 동생네도 그렇고 우리도 시댁에서 제사를 지내지 않아 어떻게 하는지 잘 모릅니다. 저녁에 오빠한테 제대로 상을 받으라고 지금은 마음만 받으라고 하면서 간단하게 차립니다. 예정대로라면 온 가족이 오후에 엄마한테 들렀다가 조치원 아버지 집에서 제사를 지내는 거였습니다.

계획은 틀어지라고 있는 게 계획이라고 누군가 그러더군요.

오빠네가 코로나-19 확진으로 옴짝달싹 못 하게 되어 동생과 나는 엄마 산소를 찾는 것으로 했습니다. 내년에는 나아질 거라고 믿으면서 말입니다. 동생네를 보내고 우리는 아버지를 모시고 집으로 향했습니다. 아버지는 아무 말씀이 없으십니다.

2023년 4월 3일 다시 당신을 찾았습니다. 당신 가신 날도 이처럼 푸근했는데 오늘도 따뜻한 날입니다. 아침부터 달걀도 삶고 당신에게 올린 사과 하나 배 하나를 정성 들여 고릅니다. 제사용품을 고르는 내 손이 어색하면서도 떨립니다. 프리지아 한 다발도 같이요. 꽃을 보고 좋아할 당신을 생각하면서 출발합니다. 조치원 조천천 옆, 벚꽃의 분홍 망울은 곧 터질 듯합니다. 벚꽃을 보러 다음 주에 다시 와야겠습니다.

하지 감자

토요일 아침이다. 강아지들 성화에 일찍 눈이 떠졌다. 오늘 아침은 뭘 먹을까 잠깐 고민하다가 베란다 한 귀퉁이에 있는 상자 안을 들여다보았다. 요놈은 작은고모가 농사지은 거, 요놈은 지인이 몇 알 준 거, 요놈은 구매한 거, 모양도 크기도 제각각이다. 그중에서 삶아 먹기 좋은 놈으로 몇 알을 골라내었다.

캔 지 며칠 안 된 감자는 절구통에 넣고 살살 굴리면 서로 부딪쳐 하얀 속살을 드러내는데, 요 녀석들은 감자 칼을 이용하기로 했다. '쓱싹 쓱 삭삭' 겉껍질이 싱크대 바닥에 떨어진다. 껍질이 쌓이면 쌓일수록 내 손에는 속살 뽀얀 감자만이 남는다.

감자를 냄비에 넣었다. 20여 분이 지나니 익는 냄새가 솔솔 풍겨온다. 포슬포슬 먹음직스럽게 익었다. 감자 몇 알과 주스로 아침 식탁을 차렸다. 오늘은 백곡 '이야기가 있는 숲속 작은도서관' 에서 수업이 있는 날이다. 비대면이다. 비디오 중지, 음소거를 눌러 놓고 준비를 마쳤다. 감자를 먹으면서 수업을 듣는 중이다.

초등 3학년 1학기 국어 교과서에 수록된 권태응의 동시 〈감자꽃〉이다.

시인 권태응은 충북 충주에서 태어나 1937년 일본 와세다대학 정경학과에 입학하였고 1939년 '독서회 사건'으로 1년간 감옥 생활을 하였다. 귀국하여 폐결핵 요양을 하던 중 1951년 병세가 악화하여 34세의 나이로 돌아가셨다.

시인 도종환은 2018년 권태응 탄생 100주년 되는 해, 이를 기리기 위해 권태응 전집을 내면서 '권태응 선생의 동시는 아름답다. 농촌의 자연과 사물을 아름답게 노래했고 농촌 아이들의 삶을 애정 어린 눈으로 바라보는 시가 많다. 라고 책머리에 썼다.

자주 꽃 핀 건 자주감자

파보나 마나 자주감자.

수업하는 동안 〈감자꽃〉은 나를 시골집에 있는 감자밭으로 인도했다. 감자 줄기를 잡아당기면 몇 개가 딸려 나오는데 그렇지 못한 녀석은 호미로 캐내야 한다. 그러면 땅속에 있던 감자랑 땅강아지, 지렁이들이 세상에 얼굴을 내밀며 제 처지도 모르고 덩달아 스멀스멀 땅 위로 기어 나오곤 했다. 지렁이를 보고 혼비백산하여 밭 밖으로 뛰쳐나가는 어린 딸아이, 그 옆에서 "웬 호들갑이냐"며 함박 웃고 있는 엄마가 그곳에 있다.

엄마는 캔 하지감자들을 크기별로 나누었다. 하지에 캔다고 하여 하지감자라 했다. 큰 것은 저장용으로 작은 것은 반찬을 하거나 쪄 먹는다. 군것질거리가 별로 없었던 어린 시절의 주간식이었다. 여름방학 내내 옥수수랑 같이 쪄 주기도 하고 갈아서 전도 부쳐 주었다. 이제 엄마의 손맛은 볼 수 없게 되었다. 당연해 보이는 것들, 이것이야말로 얼마나 소중한가? 엄마가 보고 싶다. 몇 알 따로 챙겨 놓은 하지감자를 들고 아버지와 함께 계신 엄마를 만나러 가야겠다.

바느질 한 땀에

고요하고 무더운 6월의 오후다. 조치원 친정집을 방문했다. 무료함을 달래려 TV를 보고 있던 아버지는 내가 들어서자마자 "더운데 어찌 지내냐, 황 서방은 뭐하냐?"며 연신 묻는다. 아버지의 물음을 뒤로하고 챙겨온 국이랑 반찬들을 냉장고에 넣었다. 아버지는 냉장고 앞쪽의 반찬들만 먹고 뒤쪽은 손도 대지 않는다. 먹고 싶은 것을 골라 먹는 것이 아니다. 손에 잡히는 대로 먹는 것이다. 버리는 것이 반이다. 그래도 당신 혼자 끼니를 거르지 않고 챙겨 드시니 자식 입장에서는 고마울 뿐이다.

안방을 청소하려고 들어서니 겨우내 덮었던 두툼한 솜이불이 침대 한쪽에 덩그러니 놓여 있다. 순간 숨이 막혔다. 청홍색의 금박무늬에 빛이 바래고 곳곳이 헤져 있다. 60여 년이 다 되어 가는 이불이다. 침대 위에 있는 이불을 내려서 홑청을 뜯어내었다. 누렇게 변한 이불솜은 지난 시간을 쏟아내듯 묵은내를 토해낸다. 베갯잇도 벗겨 세탁기에 같이 넣었다.

땟물을 벗은 빨래를 건조대에 널었다. 막혔던 숨통이 트인다. 시원하다. 다음 날이 되니 보송보송 잘 말랐다. 건넌방 바닥에 홑청을 펼쳐놓았다. 햇볕을 머금은 솜을 올려놓고 이불 귀를 맞추었다.

거실에서 자고 있던 강아지가 갑자기 뛰어 들어온다. 뽀송해진 이불 위에서 앞발을 동동 구르며 몸을 부빈다. 이불만 펼쳐놓으면 구르기도 하고 베개를 쿠션 삼아 물구나무도 서며 강아지처럼 좋아하는 어린 내가 거기에 있다.

마당 한가운데 빨랫줄에는 옥양목 천이 널려 있다. 마루에서 다듬이질하는 엄마가 보인다. 나도 하겠다며 나섰다. 엄마는 골고루 두들겨 줘야 한다며 방망이 하나를 건넨다. '뚝딱뚝딱 뚝 딱딱딱' 엄마와 번갈아 가면서 풀 먹인 홑청을 두들긴다. 적당히 빳빳해지면 안방에 펼쳐놓고 이불솜을 올려놓는다. 나는 이불 밑에 짧은 다리를 집어넣고는 긴바늘을 들고 엄마 흉내를 냈다. 두꺼운 이불에 바늘자리 찾기가 쉽지 않다. 찔리기를 몇 번, 따갑기도 하고 피까지 났다. 그만하라는 엄마의 만류에도 움직일 때마다 나는 사각거리는 소리가 좋아 엉덩이를 들썩여 가며 발장난을 했다. 엄마의 노래도 시작되었다.

이미자의 노래 몇 곡을 메들리처럼 이어간다. 노래를 맛깔나게 하는 엄마는, 어린 내가 들어도 가수 같았다. 한참을 흥얼거리시던 엄마는 시집올 때 장만해 온 솜이불의 지나온 이야기도 풀어낸다.

갓 시집온 새댁한테는 다섯 살짜리 막내 시누이가 있었다. 꼬마 시누이는 매일 아침저녁으로 새언니를 찾아와 같은 이불을 덮고 자기도 하고 딸같이 지냈다고 한다. 엄마의 솜이불은 어린 시누이뿐만 아니라 우리 네 남매를 따뜻하게 품어 주기도 했다.

엄마가 돌아가신 해였다. 다른 것은 가볍고 덮은 것 같지 않다며 아버지는 이십여 년 동안 장롱 제일 아래 칸에 자리만 차지하고 있던 솜이불을 꺼내셨다.

지금은 풀을 먹여 다듬이질할 필요가 없다. 세탁 후 훌훌 털어서 시치기만 하면 된다. 강아지를 이불 위에 올려놓았다. 바느질 한 땀에 엄마와의 추억을 또, 한 땀에는 아버지의 빈 겨울을 채운다. 이불을 곱게 접어 장롱에 넣었다. 이번 겨울에도 엄마가 옆에 있는 것처럼 아버지의 마음을 좀 더 따뜻하게 품어 주길 기도하며 발길을 돌렸다.

따뜻한 위로와 좋은 치유제

– 노애자의 작품 세계

김윤희 수필가

수필 원고 한 뭉치가 내게 왔다. 자신의 현재가 있게끔 버티게 해준 소중한 자산이라 한다. 쉰다섯 한 인생이 녹아 있는 삶의 실체다. 수필은 그 자신을 가장 솔직하게 나타내는 문학이다. 허구의 세계가 투영된 소설이나 시와는 분명 다른, 텃밭에서 갓 뜯어온 싱싱한 맛이 있다. 꾸밈없는 현실, 일상에서의 날것 그 자체에서 감동할 수 있는 것이 수필이다. 수필을 쓴다는 건 삶과 인생에 대한 발견이자 또 다른 창조의 세계라 할 수 있다. 고해성사와도 같은, 진솔한 자기 고백이다. 작가의 인품과 향취가 그대로 느껴지는 건 그 때문이다.

노애자 작가에게 수필은 지난날을 되돌아보고 현재의 삶을 온전히 바라보게 한 창이다. 창을 통해 내다본 세상은 그저 평범하고 일상적인 듯 하지만, 글을 쓰면서 바라보는 그녀의 시선은 결코 무심하지 않다. 점점 깊어 가는 사유의 세계는 세상을 향한 애정의 발로이다. 긍정적인 사고의 원천이다.

글을 쓰는 과정에서 그녀는 위로받았고, 자기 수련이 되었다고 했다. 글이, 내가 나로 살아갈 수 있는 길을 열어 주었다고 했다. 하여 그녀는 물기 없는 펌프에 수필이란 물 한 바가지를 붓고 펌프질을 했다. 수십 번의 헛손질 끝에 드디어 한 바가지 마중물이 저 밑바닥 샘물 한 줄기를 끌어올렸다. 콸, 콸, 콸 솟구치는 물줄기에 목을 축이면서 아련히 지나온 길을 더듬어 본다. 함지박 가득 넘치는 물속에 말간 하늘이 들어앉는다.

밭일을 마치고 돌아온 아버지 등에 물 한 바가지를 끼얹는 엄마의 얼굴이 흰 구름으로 동동 뜬다. "어, 시원하다" 등목을 마친 아버지의 호탕한 목소리가 들린다. 그 틈새를 비집고 "선생님!"하고 돌봄교실 아이들이 치맛자락을 잡는다. 일상이 생생하게 와 닿는다. 이것이 수필이다. 그와 함께 한 이들, 함께 한 일을 언제라도 만날 수 있고 시공을 초월하여 교감할 수 있는 것이 수필이다. 삶의 민낯이다. 그녀가 내놓은 첫 번째 수필집 《반창꼬》를 열어 보면, 상처 입은 누군가에게 하나의 작은 반창고가 되고 있는 그녀의 또 다른 모습을 만날 수 있다.

노애자 수필가는 그가 현재 살아가고 있는 인생행로를 크게 다섯 가닥으로 나누었다. 첫 번째에 해당하는 '100년, 새로운 시작이다' 편에는 강한 역사의식이 살아있다. 제2부는 돌봄 교실 아이들과 얽힌 애환과 에피소드가 담겨 있다. 일상에서 접하는 이웃과 여행지에서 만나는 소소한 이야기와 또 다른 가족으로 반려가 되고 있는 강아지에 대한 사랑을 3부와 4부에 각각 나누어 실었다. 따뜻한 심성이 물씬 묻어난다. 5부에는 가슴 밑바닥으로부터 뭉클 올라오는 부모님의 사랑과 날로 사위어가는 부모님의 삶, 그리고 피붙이와의 이별을 그렸다. 애끓는 딸의 마음이 고스란히 담겨 있다. 인간 내면의 무의식 세계 속에는 가족이 존재하고 있다. 그녀에게도 가족에 대한 애틋함, 연민은 가장 원초적인 심상이다. 특히 부모님에 대한 사랑이 깊다. 부모님 역시 우리네 부모의 전형을 보는 듯 희생적인 삶의 표본임이 어렵지 않게 읽힌다. 내리사랑 행로가 온화하다. 오늘날 그녀를 있게 한 근원이다.

그녀는 한 남자의 아내이며, 두 딸의 어머니로, 초등학교 돌봄 교실에서 아이들을 보살피는 선생이다. 일인 다역의 임무를 빈틈없이 해내는 작가 노애자는 분명 커리어우먼이다. 하지만 그녀의 삶은, 작품은 극성스럽거나 분잡하지 않다. 목청을 높이지 않는다. 소리 없이 자분자분 맡은 일을 해낸다. 어디에서 기인한 것일까.

그녀의 마음은 늘 고향에 있는 노부모님에 닿아 있다. 부모님 역시 당신보다는 자식에 대한 사랑이 먼저인 분들이다. 깊은 속정을 느낄 수 있다. 글 곳곳에서 묻어나는 애틋하고 따뜻한 마음의 진원은 부모님, 고향이다. 수필집에 은근히 배어 있는 분위기가 평화롭고 따사로운 햇살이 머무는 농촌 마을의 정한이 느껴지는 건 그 때문이리라. 그렇다고 마냥 부드러운 것만은 아니다. 누구보다 강한 역사의식이 살아 있다. 지역의 문화재나 역사 인물을 바라보는 시선이 예리하다. 오랜 시간 아이들과 생활하면서 확대된 안목이다. 눈에 띄지 않는 듯하면서 때때로 날카로움이 번뜩인다.

우리 수필계의 대명사로 불리는 피천득 선생은 덕수궁 박물관에서 청자연적을 보고 이렇게 말했다.

> '내가 본 그 연적은 연꽃 모양을 한 것으로 똑같이 생긴 꽃잎들이 정연히 달려있었는데 다만 그중에 꽃잎 하나만이 약간 옆으로 꼬부라졌었다. 그 균형 속에 있는, 눈에 거슬리지 않은 파격이 수필인가 한다'라고.

작가는 똑같이 생긴 꽃잎들 속에서 옆으로 꼬부라져 있는 꽃잎 하나를 발견할 수 있는 안목이 있어야 한다. 같은 꽃잎이라도 슬쩍 하나를 꼬부려 놓아 낯설게 할 줄 아는, 그 낯섦이 낯설지 않고 조화롭게 부릴 줄 아는 시선이 필요하다. 피천득 선생은 한 조각 연꽃잎을 꼬부라지게 하기에는 마음의 여유를 필요하다고 했다.

노애자 수필가에게는 그게 있다. 스쳐 지나갈 수 있는 하찮은 것에서 누구도 보지 못한 것을 반짝 발견하는 눈이 있다. 느긋이 기다릴 줄 안다. 그의 수필을 읽다 보면 피식 웃음이 나는 이유가 거기 있다. 순수한 마음에서 비롯된 것일 수도 있다. 그녀는 천상 수필을 쓸 사람이다.

1. 살아 있는 강한 역사의식

이월초등학교는 올해로 개교 100주년을 맞는다. 1920년 4월 1일 장양 공립보통학교로 개교했지만, 실제 교육이 이루어진 것은 1897년부터라 할 수 있다. 논실에서 학당 수준으로 이루어지던 교육관을 1908년 인수하여 '사립 보명학교'를 설립했고, 그 중심에 신팔균선생이 있었다. (중략)

나라를 빼앗겨 힘없고, 먹을 것조차 없던 그 시절에도 장군은 교육을 중시했다. 교육을 국가의 미래로 보고 고향 이월에서, 또 만주에서 그리 열심이었을 게다.

– 〈100년, 새로운 시작〉 중에서

이월초등학교는 노애자 작가가 근무하는 학교다. 구한말 마지막 황실 경호를 맡았던 신팔균 장군이 군대가 해산되자, 고향으로 내려와 후학을 교육하던 보명학교의 전신이다. 학교 정문을 들어서면 현재 무제관 옆에 신팔균 선생의 기념비가 서있다. 육군 무관학교 출신인 동천 신팔균은 의병 활동과 만주를 넘나들며 독립운동에 투신한 우리 지역 역사인물이다. 중국으로 망명해서도 신흥무관학교에서 독립군 간부 양성을 위한 교관 활동을 했다. 이를 무심히 보아 넘기지 않고 수필로 끌어들였다.

코로나19로 99일 만에 아이들의 생기로운 모습을 대하니 그동안 짓누르던 돌덩이가 내려진 것처럼 마음이 가벼워진다고 했다. 장군이 일제강점기 목숨으로 나라를 지키고자 했던 그 마음을 알기에 코로나라는 바이러스와의 전쟁에서도 우리 아이들이 잘 이겨 내리라 믿는다. 아이들이 머무는 공간에 소독의 손길이 정성스러워지는 그녀다.

경상북도 경주시 양북면 봉길리 앞바다에 육지로부터 200m 쯤 떨어진 바위섬이다. 이곳에 신라 제30대 문무왕(661~681)의 능이 있다. 수중릉이다. 전하는 말에 의하면, 삼국통일을 완수한 문무왕은 통일 후 불안정한 국가의 안위를 위해 죽어서도 국가를 지킬 뜻을 가졌다 한다. 그리하여 자신의 시신을 '불식에 따라 화장하여 유골을 동해에 묻어 달라, 그러면 용이 되어 국가를 평안하게 지키도록 하겠다'라고 지의 법사에게 유언하였다. 이에 유해를 동해의 대왕암 일대에 뿌리고 대석에 장례를 치렀다 한다. 이후 사람들은 그 대석을 대왕암이라 불렀다.

– 〈그를 만나다〉 중에서

장성한 딸과 함께 대왕암을 찾았다. 바다에 묻힌 문무대왕, 그는 진천에서 태어난 김유신과 함께 삼국통일의 대업을 완성한 임금이다. 그래서인지 작가는 선대 집안의 묘소에 온 듯 친근한 느낌이 든다고 했다. 여행지에서 보고 느끼는 것을 보면 예사롭지 않다. 아는 만큼 보인다고 했던가. 대왕암은 그저 단순히 문무왕이 묻힌 무덤만을 의미하지 않는다. 20여 년 전, 친정 부모님과 함께 대왕암을 만나러 왔을 때와는 또 다른 느낌을 갖는다. 쪼그맣던 아이는 장성하여 다시 이곳에 서 있다.

부모님은 이제 더 이상 딸을 따라나설 수 없는 처지가 되었다. 요양원에 의식 없이 누워 계신 엄마.

문무왕은 죽어서도 바다의 용이 되어 나라를 지키고자 했는데 대왕암에 발 딛고 서 있는 자신은 지금 무얼 할 수 있는가. 자괴감에 아파하는 마음을, 파랑파랑 물너울 따라 엄마의 얼굴이, 아버지의 음성이, 대왕암을 치고 도는 파도가 토닥이고 있다. 그녀의 심성을 아는 까닭이다.

"이게 뭔 일이여"

600여 년 세월이 와르르 무너져 내리는 소리가 들린다. 오랫동안 터 잡고 살던 한 마을이 완전히 풍비박산이 났다. 보따리 싸서 떠나라 한다.

이주민을 위한 아무런 대책도 없이 보상비만 손에 쥐어주고 떠나라 한다. 가고 싶지 않다고 버티고 눌러앉을 형편이 아니다. 주민들은 용기도 배짱도, 힘도 없다. 주섬주섬 이삿짐을 쌌다. 평생 살아온 삶의 내력도 추억도 함께 챙겼다. 녹록지 않았던 지난날이 미안한 듯 보따리 안으로 슬그머니 들어앉는다.

– 〈실향의 바람〉 중에서

마을 사람들은 이 동네 저 동네를 기웃거리다 제각기 형편에 맞게 자리를 잡았다. 너른 들녘을 벗 삼아 살던 이들이 빌딩 숲으로 들어갔다. 작가의 부모님도 성냥갑 쌓아 놓은 것 같은 아파트로 터전을 옮겼다.

그녀의 고향은 '세종특별자치시'라는 새로운 행정도시가 되었다. 산과 들판, 시냇물이 사계절을 달리하며 달그락대던 자연이 땅속으로 묻혔다. 그 위에 철저하게 기획되고 도식화된 현대식 도시가 뚝딱뚝딱 세워졌다. 새로운 별세계의 탄생이다. 출세하여 '금의환향' 한다는 말이 무색하게 그의 고향은 그 자체가 출세하여 금싸라기가 되었다. 원주민은 그 근처를 맴돌 뿐 이방인으로 살아가야 하는 현실을 애달프게 그렸다. 고향을 잃은 사람들은 해마다 그들이 살았던 동네 어귀 등구나무 아래에서 정을 나누는 것으로 실향의 아픔을 달랜다.

이는 단순히 내 고향, 내 집안의 문제만이 아니다. 산업화로 치닫는 당시 사회적, 국가적 현실이 그러함을 지나치지 않았다. 사회를 바라보는 안목이다. 발전이라는 명분을 내세운, 문명사회의 개발과 산업화가 빚어낸 모순점에 천착한다. '천지개벽한 고향을 먼발치에서 바라보아야만 하는 실향민의 마음이 허허롭기만 하다.' 읊조림 외에 더 이상 무슨 말로 표현할 수 있었을까. 힘없고 약한 사람의 처지를 대변하면서도 어찌 힘을 쓸 수 없는 안타까움이 녹아 있다.

숙종 때 영의정을 8차례나 지낸 최석정은 최명길의 손자이며, 소론의 중심인물로 합리적이고 실현이 가능한 정책을 추구한 수학자다. 현대 수학 중에서 조합이론의 선구자이며 세계 최초로 9차 마방진을 만들었다. 9차 마방진은 가로세로 9개씩 81개의 숫자로 만들어지는데 1부터 81까지의 수를 중복 없이 배열한 방식이다. 마방진은 여러 개의 자연수를 정사각형 모양으로 나열하여 가로나 세로, 대각선으로, 행이나 열의 합이 모두 같게 한 것을 말한다.

– 〈수학자, 최석정〉 중에서

최석정은 작가의 시대, 초평의 금곡 사람이다. 문과에 급제한 후 부제학, 한성판윤, 이조판서, 우의정 등을 거쳐 영의정을 여덟 차례나 한 조선 중기의 재상이다. 말년에 고향인 초평으로 내려와 태극정을 짓고 후학을 양성했다. 현재 태극정은 없어졌고 그의 제자들이 '지산서원'을 세우고 선생을 기리며 후학을 배출해 왔다. 지산서원이 있던 그 자리가 바로 현재 초평초등학교가 들어서 학맥을 잇고 있다. 작가의 남편과 딸아이가 다닌 학교다.

문장과 글씨에 뛰어났던 최석정은 당시 배척 받던 양명학을 발전시키고 "명곡집" "경세정운도설"과 수학책 "구수략"을 저술한 학자였다. 충북 자연과학원에서는 '최석정 수학 페어'를 운영했다. 수학 챌린지, 창의적 구조물 만들기, 수학 역사실, 수학 체험실 등 프로그램을 운영하는 것을 보고 아이들이 수학적 사고와 창의력을 높여 나가길 바라는 마음을 피력한다. 아이를 돌보는 선생님으로서, 지역의 역사 인물을 지나치지 않고 짚어나가는 시선이 남다르다.

2023년 8월 15일, 78회를 맞이하는 광복절, 오늘은 문우들과 이육사를 만나러 가는 날이다. 전날 그의 대표적인 시 몇구를 캡처했다.

8월의 햇발도 선생을 만나러 가는 우리를 응원해준다. 문학관 앞 청포도가 길을 안내한다. 그의 발자취를 따라 들어간다. 육사는 퇴계 이황의 14대손이며 1904년 독립운동가 집안에서 태어났다.

1927년 조선은행 대구지점 폭파사건에 연루되어 대구형무소에서 3년간 옥고를 치른다. 그때의 수인번호인 二六四에서 호를 '육사'라고 지었다. 이육사의 이름은 여기에서 시작된다.

– 〈수인번호 二六四〉 중에서

매년 문인들의 발자취를 따라 문학기행을 떠나는 작가에게 이육사문학관 탐방은 특별했다. 39년의 생을 살면서 옥살이만 17번 했다는 육사 선생의 삶이 그녀를 번쩍 정신 나게 했다. 시인 이육사에 한정적으로 머물러 있던 시선이 확장되어 우리나라 독립운동사를 다시 보게 했고, 그의 작품에 대한 인식을 새롭게 했다.

육사는 1930년 조선일보에 「말」로 등단하면서 상징적이고 서정적인 시를 쓴 작가다. 노애자 작가가 이육사문학관을 둘러보면서 시선을 끈 대목을 꼽은 것을 보면 그의 느낌이 어떠했는지 짐작이 간다. 육사의 대표적인 시 〈절정〉에서 그는 '겨울은 강철로 된 무지갠가보다'라고 독백한다. 무지개는 아름답고 환상적인 빛을 발하며 하늘에 걸린다. 일반적으로 꿈과 희망에 비유된다. 그러나 '강철' 이미지와 만나면서 좀체 이루어지지 않는 희망에 대한 탄식의 의미를 갖게 된다. 그러나 끝내 무지개를 통해 희망을 놓지 않았음을 역설적으로 표현했다고 했다.

이육사는 문학만으로 항일 운동을 한 것이 아니다. 그는 온몸으로 싸운 독립투사였다. 일제강점기 35년, 암울한 그 현실에서 누구는 목숨으로 항일했고, 또 누구는 끝까지 버티지 못하고 친일로 돌아섰다. 일제에 치열하게 투쟁한 시인 이육사의 일생과 작품 앞에 서서 그녀는 나라를, 사회를, 나를 돌아본다.

'어떻게 찾은 나라인데….'

위안부 배상금 대납, 인류의 우물인 바다 후쿠시마 핵 오염수 투기 등으로 떠들썩한 오늘의 현실을 다시 생각하게 한다.

2. 이 시대 진정한 선생님의 역할

저 멀리서 1학년 아이들이 뛴다. 그 앞에는 닭이다. 닭은 한참을 뛰다가 수국 나무 사이에 숨는다. 나무 한가운데에서 움직이지 않고 있다. 아이들은 나무를 이리저리 흔든다. 아이들 틈 사이로 닭이 또 뛴다. (중략)

처음에는 사람 발소리에 놀라 달아나기만 하더니 지금은 인기척이 나지 않을 때까지 숨죽여 기다린다. 누가 머리 나쁜 사람을 닭대가리라 했던가, 녀석은 머리를 쓸 줄 안다.

— 〈닭, 달리다〉 중에서

작가가 근무하는 학교 숲에 수탉 한 마리가 들어 왔다. 숲으로 들어와서는 길을 잃고 갈팡질팡한다. 며칠을 두고 계속 눈에 띈다. 인기척이 조금이라도 나면 푸다닥 날갯짓하며 달아난다.

'저렇게 도망만 다니면 힘들 텐데….'

애정이다. 하찮은 생명체를 바라보는 눈길이 따뜻하다. 내면의 심정이다.

어릴 때, 새벽닭 울음소리는 시간을 알리는 시계였는데 지금은 소음으로 신고 대상이 되어버린 인심을 보고 격세지감을 느낀다. 세월과 더불어 변한 것이 어디 이뿐인가.

〈내가 더 사랑해〉〈놀이가 공부다〉 등의 작품에서 언급된 것을 보면 요즈음 아이들이 정서적으로 너무나 삭막해졌음을 느끼며 어디서부터 잘못된 것인지 아득해한다. 물질적으로 넉넉하지는 못했어도 마냥 행복했던, 정겨웠던 어릴 적 생각을 하며 풍요 속에서도 늘 허덕이는 아이들의 처지에 연민을 느낀다. 배려가 무엇인지, 진정한 행복이 무엇인지 알게 해주고 싶은 마음이 엿보인다. 그것만으로도 아이들에겐 따뜻한 인간애가 스며들지 않을까 싶다.

아이들과 독서프로그램을 할 때다. '아낌없이 주는 나무'를 읽고 한 아이가 눈을 빤히 뜨고 묻는다. "그런데 저 나무 좀 이상해요. 소년에게 다 주고 행복하다잖아요." 아이는, 다 주고 남은 게 하나도 없는데 무엇이 행복하다는 것인지 도저히 이해가 가지 않는다. 외려 그 나무가 이상하다고 생각한다. 이것이 요즈음의 세태다. 그걸 놓치지 않고 집어냈다.

놀이시간이다. "즐겁게 춤을 추다가 그대로 멈춰라." 요즈음은 놀이도 수업의 일환이다. 작가가 어렸을 적에는 학교 갔다 오면 책가방 팽개쳐 두고 동네 아이들과 놀기 바빴다. 어둑해져 엄마가 부를 때까지 놀면서도 더 못 놀아 아쉬움에 입맛을 다시곤 하던 시절이다. 아이들은 놀며 싸우며 이 속에서 도전과 무모함, 배려와 양보를 스스로 터득했다. 스스로 세상을 살아갈 힘을 키웠다.

요즈음 아이들은 놀 시간이 없다. 놀이터가 있어도 놀 아이가 없다. 학교에서 놀이시간을 마련해 줘도 스스로 놀 줄을 모른다. 선생님이 놀이 방법, 규칙을 일러줘야 한다. 자기에게 조금이라도 손해가 되는 듯하면 못 견딘다. 양보와 배려는 사지선다형 시험에서 고르는 답의 하나에 불과한 것 같아 안타까움이 앞서는 그의 마음에 공감이 간다.

아이들의 상처는 반창고를 정성껏 붙이는 것만으로도 낫는다. 선생님에게 상처를 보여주고 반창고를 받아두는 순간 금방 말짱해지는 아이들을 보면 마음이 짠해진다.

지금의 아이들은 정과 관심과 사랑에 아주 목말라 있다. 외동이거나, 부모님이 바빠서, 한 부모나 조부모여서, 함께할 시간과 여유가 많이 없어졌다. 그래서 아이들은 관심과 사랑이 고픈 채로 자라고 있다.

– 〈반창꼬〉 중에서

3학년 아이가 돌봄 교실에 들어오자마자 손가락을 내민다. 어제 가야금 연습을 많이 해 손가락 끝이 아프다고 한다. 빠알갛게 한 겹 벗겨졌다. 반창고를 붙여줬다. 다른 한 명이 자기 몸을 여기저기 살펴보더니 "선생님 저는 여기 피나요." 한다. 종아리에 피가 살짝 맺혀 있다. 아문 상처의 딱지가 하나 떨어진 것이다. "어~어 피 나네? 많이 아프겠다." 선생님이 반창고 하나를 붙여주니 씩 웃으며 자리로 돌아간다. 이미 상처는 다 나았다.

아이들의 손가락에 붙어 있는 반창고는 붙이는 순간에만 온전히 붙어 있을 뿐, 어느 틈에 떨어져 나갔는지 하교 시간에는 책가방 주변에 떨어져 있기 일쑤다. 반창고는 효능이 없다. 반창고를 붙이는 행위가 치료제이다. 선생님의 눈길, 손길 하나면 완치다. 그래서 선생님은 늘 주머니 가득 반창고를 넣고 다닌다. 아프다고 내미는 상처마다 아낌없이 반창고를, 아니 사랑과 관심을 투덕투덕 붙여주는 것이다. 누가, 왜, 어디가 아픈지 아는 까닭에 그의 반창고는 만병통치제다.

내 책상 옆에는 아동용 의자가 하나 있다. 높은 선반의 물건을 꺼낼 때 사용하기도 하지만 종종 내가 앉는 의자다. 돌봄 교실 특성상 교실 바닥에서 생활하는 아이들과 앉았다, 일어섰다를 반복해야 하는데 무릎이 불편한 내가 앉기 위해 가져다 놓은 것이다.

이 의자에 앉아서 숙제 지도나 수학 문제를 확인하고 있을 때면 남자아이들은 내 뒤로 몰래 와서는 손이나 얼굴 표정으로 장난을 한다. 그리곤 저들끼리 킥킥대며 즐거워한다. 선생님은 뒤통수에도 눈이 달린 것을 녀석들은 모르나 보다. 여자아이들은 와락 끌어안거나 옆에 앉아서 의자를 붙들고 놀기도 한다. 틈 봐가며 가끔 와서 앉기도 한다. 유독 내가 앉는 의자에 눈독을 들이는 이유가 뭘까.

– 〈의자〉 중에서

안전교육 시간이다. 아이들은 편한 자세로 교실 바닥에 앉아 화면을 응시한다. 스마트폰을 보며 횡단보도를 건너면 위험할 수 있다는 내용이다. 한 녀석이 다리를 쭉 뻗고 누워서 본다. 한 녀석은 선생님의 의자가 비어 있는 걸 보고 잽싸게 앉는다. 다른 아이들도 의자 주변에 모여들어 팔 하나, 아니면 다리 하나씩이라도 걸쳐놓는다. 선생님의 의자라고 특별할 것이 없는데도 틈만 나면 서로 차지하려 쟁탈전이 벌어진다. 어른들 사이에서 의자는 곧 자리이다. 이 작은 사회에서도 벌써부터 자리에 연연하는가? 선생님은 살짝 애교 섞인 물음을 던졌지만, 그녀는 안다. 아이들이 얼마나 사랑에 목말라하는지, 언뜻언뜻 스치는 외로움을 놓치지 않고 발견하고 챙긴다. 돌봄 교실의 특성을 잘 알고 있는 까닭이다.

저들과 똑같은 아동용 의자인데 선생님이 앉는 의자는 곧 선생님이다. 선생님이 좋다는 의사 표현이다. 선생님은 자신을 편안하게 해 주는 의자요, 안식처이다. 그래서 아이들은 선생님 의자 주변에 모여들어 팔도 걸치고 다리도 걸치며 비비적거리는 거다. 외로움을 달래는 거다. 그들을 위해 선생님은 좀 더 넓은 품을 열어 주고 싶은 거다. 노애자 작가는 아이들을 통해 마음의 폭을 넓히는 법을 배워간다고 했다. 열린 마음으로 아이들을 품어 주려는 마음이 따뜻하게 와닿는다.

엘리베이터 올라오는 소리에 눈치 빠른 강아지 한 마리가 꼬리를 흔들며 현관문 앞에 먼저 선다. 그 뒤에 나머지 두 마리도 짖기 시작한다. 현관문이 열리자 세 마리가 꼬리를 엉덩이까지 흔들고 컹컹거리며 들어오는 딸아이를 반겨준다. 학교 다니며 피곤할 터인데 강아지들 보러 내려온다는 것이다. 강아지들은 큰아이의 마음을 아는지 더 열렬히 환영 인사를 해준다.

– 〈기억〉 중에서

작가의 집 식구는 남편과 두 딸, 그리고 강아지가 세 마리다. 그의 집 강아지는 식구의 차원을 넘어서 가족의 일환으로 당당하다. 나의 평소 지론은 강아지와 사람은 엄연히 격이 구분되어야 한다는 것이다. 동물과 사람을 동격으로 대하는 사람이 이상했다. 예뻐하며 애완동물로 여기는 것에는 동의하지만, 반려동물이라고 칭하는 것은 과하다는 생각이었다.

그 생각을 바꾸라는 듯 작가는 그의 강아지를 또 다른 가족으로 받아들여 사랑을 베풀고 있다. 그것도 모자라 그들의 마음을 좀 더 읽고 싶어한다. 강아지 언어번역기가 있었으면 좋겠다고 한다. 동물을 사랑하는 사람은 마음이 따뜻하다고 했다. 맞는 말이다. 내게는 따뜻한 인간애가 부족한가? 잠시 주춤해진다.

진심 어린 애정을 주면 동물이든 식물이든 진정한 교감을 이룰 수 있다. 어쩌면 사람 사이보다 더 진정성이 있을 수 있다. 집 떠나 가끔씩 오는 가족의 발소리를 강아지는 용케 기억하고 반긴다. 현관 앞에 조르르 서서 꼬리를 흔들고 있는 강아지를 상상해 보면 웃음이 난다. 동물도 가족 간의 사랑을 온몸으로 아는 거다. 온전하게 사랑을 나누며 소통하는 모습을 예서 본다.

3. 심성의 저변에 녹아 있는 의식 세계

어버이날이라고 새로 사 간 옷을 엄마에게 입혀본다. 전보다 허리가 더 굽어서인지 옷 입는 것도 힘겨우신가 보다. 어깨는 좁고 허리도 굽고 엉덩이가 빵빵한 엄마 몸에 옷을 맞추기가 힘들다. 엉덩이를 덮으면 어깨 부분이 커서 남의 옷 빌려 입은 것 같고, 어깨에 맞추면 단추가 잠기질 않는다. 그래도 이렇게 저렇게 구겨 넣으니 제법 옷 모양새가 난다.

새 옷을 입고 지팡이를 짚으며 저녁 먹으러 집을 나선다.

– 〈어른이 엄마〉 중에서

아빠 손을 꼭 잡고 병실에 들어선다. 병실 특유의 냄새가 내 코를 자극한다. 맡고 싶지 않은 향기다. 엄마를 보자마자 아빠는 또 꺼이꺼이 우신다. "나 혼자 어찌 살라고, 일어나 집에 가야지" 그렇게 한참을 한숨 반 걱정 반을 넋두리처럼 늘어놓는다.

"왜 이렇게 누워만 있냐고, 말이라도 좀 해보라고" 애잔하게 엄마를 흔든다. 그런 아빠를 보며 엄마는 '나 괜찮아! 당신이나 잘 챙겨'라고 말하듯이 눈만 끔벅인다. 나도 뼈만 앙상하게 남은 엄마의 손바닥만 괜히 조몰락거리면서 이런저런 이야기를 한다.

– 〈아빠의 사랑법〉 중에서

저녁 먹을 장소에 도착하니 차량을 못 올라가게 막아 세운다. 몸이 불편한 어른이라 식당 앞에서 우선 내려 드린 다음, 차를 주차하고 올라갔다. 다부지고 당당한 엄마의 모습은 어디 가고 웬 늙은 여인이 엄마를 잃어버린 어린아이의 모습으로 엉거주춤 서 있다. 언제부터인가 세월은 엄마와 딸의 위치를 뒤바꿔 놓았다.

당신 몸 간수도 어려운 엄마는 식사 중에도 당신 입에 음식 넣은 일은 뒷전이고 남편을 챙겨주면서 자녀들과 먹는 속도를 맞추느라 바쁘다. 어릴 적 한솥밥을 먹고 아웅다웅하며 엄마 속을 긁어먹고 자란 자식들 앞에서 그래도 대견한 듯 오물오물 음식을 목으로 넘기는 엄마의 세월에 작가는 목이 멘다. 아낌없이 열을 내주고, 겨우 하나 받아 든 것에 흐뭇해하는 엄마.

얼마 남지 않은 엄마의 생 앞에서 작가가 할 수 있는 건 엄마의 손만 조몰락거릴 뿐이다. 점점 시력을 잃어가면서도 엄마의 남은 생을 애달파하는 아버지의 처지는 또 어떤가. 신은 자식을 내려주는 대신 언젠가 부모를 데려간다. 자식이 알토란 같이 여무는 동안 부모의 삶은 시나브로 사위어간다. 부모란 그렇게 제 살을 녹여 자식을 키우느라 속 빈 우렁이가 되는 건가. 생살을 떼어내는 이별의 아픔을 겪으면서 비로소 한 인간이 완성되는 건지도 모른다. 사모곡이 애달프다.

'가족이란 이렇게 녹아들어 하나가 되어가는 건가 보다.' 웅얼거리며 작가는 비로소 엄마를 떠나보내려 몸을 움찍거린다. 거스를 수 없는 신의 섭리 아닌가.

안방을 청소하려고 들어서니 겨우내 덮었던 두툼한 솜이불이 침대 한쪽에 덩그러니 놓여 있다. 순간 숨이 막혔다. 청홍색의 금박무늬에 빛이 바래고 곳곳이 헤져 있다. 60여 년이 다 되어가는 이불이다. 침대 위에 있는 이불을 내려서 홑청을 뜯어내었다. 누렇게 변한 이불솜은 지난 시간을 쏟아내듯 묵은내를 토해낸다. 베갯잇도 벗겨 세탁기에 같이 넣었다.

– 〈바느질 한 땀에〉 중에서

엄마가 돌아가신 해였다. 다른 것은 가볍고 덮은 것 같지 않다며 아버지는 이십여 년 동안 장롱 제일 아래 칸에 자리만 차지하고 있던 솜이불을 꺼내셨다. 홀로 남으신 아버지를 틈틈이 돌아보며 살펴드린다고 하지만, 작가는 안다. 아버지의 빈 겨울은 무엇으로도 채울 수 없다는 걸…. 침대 한쪽에 놓여 있는 빛바랜 이불, 낡고 헤진 청홍색 금박무늬 이불은 60여 년 아버지가 엄마와 함께한 삶이었고 세월이었음을.

하여 작가는 그 이불 호청을 빨아 정성껏 시친다. 한 땀 한 땀 엄마와의 추억을 바느질하며 아버지의 빈 겨울을 채운다. 엄마인 듯 그 품에서 따뜻하게 잠드시길 기도하며 발길을 돌린다. 어쩔 수 없는 이 시대의 애환이다. 먹먹해진 마음으로 원고를 덮는다.

노애자 작가의 글을 보면 수필의 특성이 잘 드러나 있다. 글의 분위기가 잔잔하고 온화하다. 결이 곱고 여리다. 그녀의 심성이 그대로 배어 나온 거다. 심성은 하루아침에 만들어지는 것이 아니다. 어릴 때부터 부모로부터 아낌없는 사랑을 받은 것이 느껴진다. 넉넉하지는 않았어도 자식 사랑이 먼저인 부모님 아니었던가. 그 유전인자를 물려받아서인지 그녀 역시 부모를 생각하는 마음이 애틋하다. 그 사랑은 곧 두 딸에게 내리사랑이 되고 있고, 돌봄 교실 아이들에게로 전이된다. 사회로의 환원이다.

돌봄 교실 아이들에게 그녀는 공부를 가르치는 선생님이 아니다. 상처를 보듬어 주고 치유해 주는 의사요, 간호사다. 그녀의 처방전에 으뜸으로 꼽히는 것이 반창고다. "아휴, 아팠겠네"하며 붙여주는 반창고 하나면 만병이 치유된다. 만병통치 치료제다. 아이들이 어디가 아픈지 정확하게 알고 어루만져주기 때문에 반창고 하나 붙여주면 금방 나아 뛰고 논다. 선생님 의자 주변을 맴돌며 치대는 아이들의 모습이 정겨우면서도 마음 짠하다.

나 어렸을 때는 아까징끼라는 빨간 소독약이 있었다. 넘어져 무르팍이 깨져도, 손가락을 베어도 빨간약 한번 바르면 나았다. 만병통치약이었다. 언젠가 드라마에서 치매 걸린 주인공이 가슴에 벌겋게 아까징끼를 바르던 것이 떠올랐다. 아이든, 어른이든 마음에 난 상처는 무엇으로 치유할 것인가. 노애자 선생이 들고 나선 게 반창고다. 반창고는 소통이다. 소통이 마음의 병을 치유한다.

아이를 건강한 사회인으로 키우는 것이 선생님이다. 학문과 인성이 병행되도록 이끌어 주는 것이 선생님의 역할이다. 공부를 잘 가르치는 사람은 기술자이다. 어느 때부터인가 우리 사회는 선생님보다 선생 기술자가 높이 평가받아 왔던 게 사실이다. 사람 됨됨이야 어떻든 좋은 대학 나와서 대기업에 취직하면 자식 잘 키웠다고 평가받는 시대이니 왜 아니 그러하겠는가.

작가의 수필을 통해 아이들과 얽힌 에피소드를 보면 삭막해져 가고 있던 마음이 누그러진다. 일상생활, 또는 이웃과의 이야기에서 모진 구석이 보이지 않는다. 너그럽다. 그렇다고 마냥 부드러운 것만은 아니다. 하찮아 보이는 것 가운데서도 비범함을 발견하는 눈이 있다. 예리한 관찰력이 글감을 찾아낸다. 지역의 역사 인물이나 사회문제에 직면하면 강한 역사의식이 작용한다. 무심한 듯 아무렇지 않게 툭툭 던져놓은 언어를 자세히 들여다보면 에둘러 직시한 면면을 볼 수가 있다. 사회비판의식이 살아 있다는 방증이다.

작가 노애자는 수필을 평범 속에서 진실을 지니는 삶의 표현이라고 했다. 자기 수련이라고 했다. 수필집을 발간하면서 자신의 목마름이 해결되고 긍정적인 시야가 열렸다고 했다. 책을 엮는 과정을 통해 수많은 담금질로 자기 내면을 다스렸으리라. 그렇게 삶을 녹여낸 수필집 《반창꼬》가 세상에 첫선을 보인다. 그의 바람처럼 누군가에게 따뜻한 위로와 좋은 치유제가 될 것이다.

반창고는 병든 사회를 치유하는 만병통치약이다. 이런 반창꼬를 어찌 사랑하지 않을 수 있겠는가. 밝은 사회를 위해 밑돌 하나 올린 정성에 감사드리며 힘찬 응원의 박수를 보낸다.

노애자 수필집

반창꼬